U0461921

没有母亲我可以生活（我们每个人迟早都要过没有母亲的日子），不过，我剩下来的生活，一直到死，都一定是坏得无法用语言形容的。

——罗兰·巴尔特

明德书系

文 化 译 品 园

译介文化 传播文明

JOURNAL DE DEUIL

26 OCTOBRE 1977 – 15 SEPTEMBRE 1979

哀痛日记

1977年10月26日—1979年9月15日

【法】罗兰·巴尔特(Roland Barthes)◎著

【法】娜塔丽·莱热(Nathalie Léger)◎整理、注释

怀宇◎译

中国人民大学出版社

· 北 京 ·

编者序[①] 7

罗兰·巴尔特在母亲于 1977 年 10 月 25 日去世的翌日，就开始写他的“哀痛日记”。他是用墨水笔写的，有时也用铅笔。他把标准纸裁成四块，日记就写在裁后的纸片上，他在办公桌上一直保留着这样的一些纸片。

在他写这本日记的过程中，他为法兰西学院[②]准备了《中性》的讲稿（1978 年 2—6 月），写出了名为“长久以来，我早早上床”的报告会讲稿（1978 年 12 月），他在各种报刊杂志上发表了大量的文章，1979 年 4 月至 6 月间他写成了《明室》（*La Chambre claire*）一书，又于 1979 年夏天为他的《新生活》（*Vita Nova*）写作计划写出了一些

---

① 此标题为译者所加。——译者注

② 法兰西学院（Collège de France），又译为法兰西公学。——译者注

页码，他还为法兰西学院准备了两次的“小说的准备”讲稿（1978 年 12 月至 1980 年 2 月）。这些重要的著述，都明显地带有着母亲去世的符号，而它们中每一部的起因，又都与这些纸片有关系。

这些纸片主要是在巴黎和靠近巴约纳（Bayonne）市的于尔特村写的。巴尔特有时常在弟弟米歇尔[①]和弟媳拉歇尔的陪同下在于尔特村短暂居住。这当中，间或有几次外出旅行，特别是去摩洛哥，因为他常被邀请去那里讲学，而且他也很愿意去那里。《哀痛日记》这些纸片一直保存在当代版本收藏馆（IMEC）中，这里提供的是其全部，无一缺漏。当出现混乱的时候，我们就按照时间先后重新排列。纸片的版式要求编辑工作明晰无误，但某些纸片正反两面都写有日记，而且有时一篇日记连续写在了多块纸片的正面。作者提供的姓名缩写字母，指的都是他的一些好友，在这里得到了保留。那些方括号，是罗兰·巴尔特自己加的。一些脚注用来表明背景情况或明确一种暗示。

亨丽叶特·班热（Henriette Binger）生于 1893 年。她 20 岁时嫁给了路易·巴尔特（Louis Barthes）。她 22 岁时

① 即他同母异父的弟弟。——译者注

做了母亲，23 岁就因战争而成了寡妇。她 84 岁辞世。

我们在这里读到的，并非是由其作者完成的一部书籍，而是作者意欲使其成为书籍的假想——这种假想铺垫了他的著述，并在此名义之下表明了它是怎样的一部书[①]。

娜塔丽·莱热（N. L.）

① 这个版本，是在贝尔纳·科芒（Bernard Comment）和埃利克·马蒂（Eric Marty）的友情协助下完成的。

目　录

哀痛日记

1977年10月26日—1978年6月21日

日记续篇

1978年6月24日—1978年10月25日

新日记续编

1978年10月25日—1979年9月15日

一些未注明日期的片段

关于母亲的点滴记录

哀痛日记

1977年10月26日—
1978年6月21日

1977 年 10 月 26 日①

新婚之第一夜。 13

但哀痛之第一夜呢？

① 日记中有的标出了年月日，有的只标月日，中文版没有强行统一，均遵照原文。——译者注

10月27日

14 “您并不了解女人的身体！”

“我了解患病之中、弥留之际的母亲的身体。”

每天早晨，大约六点半左右，外面的夜里，铁垃圾箱 15
碰撞发出的声响。

她松了口气说：夜晚终于结束了（她在夜里独自忍受痛苦，真是残忍）。

16 一个人刚死，其他人便疯狂地构筑未来（更换家具等）：未来癖。

谁知道呢？也许在这些文字中有一点黄金吧？ *17*

18 SS：我来照顾你，我会让你慢慢平静下来。

RH：6 个月来，你消瘦了许多，你清楚这是怎么一回事。哀痛，抑郁，工作等。不过，这一点，是以其自己的习惯让人不经意地看出来的。

激怒。不，哀痛（即抑郁）并非是一种疾病。人们根据什么要我痊愈呢？是寻找什么样的状态和什么样的生活呢？在这种情况下工作，那由此而被造就的人，就不是一位平庸之人，而是一位道德之人；是一位具有价值的主体，而不是一位芸芸众生之辈。

永生。我从来就没有理解过这种古怪的、怀疑论的立 19
场：我不懂。

20 我感觉到了，大家都在推算一种哀痛的强烈程度。但，不可能测定（那些可笑的、矛盾的符号）所到达的情况。

“再也不会，再也不会!” 21

然而，矛盾在于：这种“再也不会”并不是永恒的，因为您自己有一天也会死去。

“再也不会”是一个不死之词。

22 聚会频繁。越来越多的、不可避免的无聊。我想念她，她就在我身边。现在，一切都崩溃了。

至此，便是沉重、漫长哀痛之庄重的开端。

两天以来，我第一次接受了自己也要死去的念头。

10月28日

将妈姆[①]的遗体从巴黎移往于尔特（与让·路易在一 23
起，还有护送人）：（过了图尔市）在索里尼（Sorigny）停了下来，进到一个很小的大众餐馆里用午餐。护送人在这里遇到了一位“同行”（他在护送一具遗体去维也纳省），便与他一起就餐。我与让·路易在小广场一侧走了走（直到可怕的阵亡者纪念碑），被踏实的地面，散发着雨水的气息，可怜的外省。然而，一如对于生的一种追求（因雨水的柔和气息而出现），首次出现了放松，就像一阵非常短促的心跳。

---

① 罗兰·巴尔特经常用妈姆（mam）代替妈妈（maman）。似乎可以将前者理解为后者的简写，但有的书籍也认为这样做有一定的意义。请参阅《罗兰·巴尔特最后的日子》一书。——译者注

10 月 29 日

24 怪事：她的声音，我是很清楚的，有人却说她的声音甚至就是记忆的种子（“亲切的变调——”），不过，我却听不到。就像是一种被定位了的重听——

在“她不再忍受痛苦了”这句话中，“她”指向什么、指的又是谁呢？这种现在时意味着什么呢？ 25

26 令人惊讶、却不叫人感到悲凉的念头：她不曾“全部地”属于我。否则，我不可能写出作品。自从我照顾她以来，实际上是6个月以来，她“完全地”属于了我，而我则完全地忘记了我曾经写作过。我发狂地爱她。从前，她毫无保留地支持我写作。

在写这些文字的时候，我听命于我自身存在的平庸性 27
的驱使。

28　　我在她去世之前（即在她生病期间）有过的一些愿望，现在不可能实现了。因为如果能够实现，那就意味着，是她的去世使我得以实现它们，并且也意味着，她的去世在某种意义上对于我的愿望似乎是解放性的。但是，她的辞世却改变了我，我不再想望我曾经想望的事情。这需要等待——假设这种事会出现——一种新的愿望的形成、一种根据她的去世形成的愿望。

哀痛的度量。 29

[《拉鲁斯词典》(Larousse),《纪念经》(Memento)]:为父亲、母亲服丧18个月。

10月30日

30 在于尔特：悲痛、温存、低沉（但无恼怒）。

……这种辞世不会完全摧毁我，这句话意味着，我无 31
疑想疯狂地活着，并且，我对自己死亡的惧怕依然存在，
丝毫没有变化。

32 许多人还在喜欢我，但是今后，我的死不会使任何人恐慌。

——而这，才是新的东西。

（可是，米歇尔怎么办呢?）

10月31日

我不想谈什么，担心别人说我是在搞文学创作（或者 33
未必就不是这样），尽管实际上文学就起源于这些真实之中。

34 周一，15 时，第一次一个人回到住处。我将一个人在此生活，这怎么能行呢？同时，显然没有任何可替代的地方。

我的一部分在绝望之中清醒着；而同时，另一部分则 35
急躁地在精神上清理着我那些最无用的物件。我感觉这就像是一种病症。

36 有时，非常短促地出现一阵空白的时刻，比如一种无感觉的时刻，但这不是忘却的时刻。这让我感到害怕。

（在街上）一看到人们的丑陋或美丽，就产生新的、古 37
怪的剧痛。

11月1日

38 最触动我的东西，是多发性哀痛——就像多发性硬化症[①]一样。

［这意味着：没有深度。表面的那些板块——或者更应该说每一个板块：完整的板块。板块成堆］

① 硬化症（sclérose）：原指肌体的一种器官或一种组织的病态硬化。由于前面文字提到的是“多发性”（en plaques）哀痛，所以，这里也应该是“多发性硬化症”。而这种“多发性硬化症”是一种中枢神经系统的慢性疾病，其表现特征是表面的、呈片状的。——译者注

有一些时刻，我“漫不经心”（我说话，必要时还开开 39
玩笑）——这不能不说生硬——而在这之后，突然出现难以忍耐的情绪，直至泪流满面。

感觉的难以判定性：也可以说，对于一种外在的、女性的（“表面的”）、与“真正的”痛苦之严肃形象相反的情绪性，我不是无动于衷，就是话语连篇；同样可以说，我是深深地绝望了，我在尽力哄骗别人，尽力不让周围的人与我一起痛苦，但有些时候，我做不到，我“崩溃了”。

11 月 2 日

40 这些文字的出奇之处，在于这是一个忍受着精神冲击的被蹂躏的主体。

（晚上，与马可在一起） 41

现在，我知道了，我的哀痛将是理不出头绪的。

11月3日

42 一方面，她向我要求一切，即全部的哀痛、绝对的哀痛（不是她，却是我给予她要求这一切的权利）。另一方面（这一回，确实是她），她建议我精神放松、懂得生活，就像她还在对我说：“去吧，出去散散心……”

11 月 4 日

今天早晨，我对在哀痛中需要精神放松的建议有了一 43
种想法、一种感觉，埃利克今天对我说，这正是他刚刚在普鲁斯特的作品中（在叙述者与祖母之间）重新读到的东西。

44 这一夜，我第一次梦见了她；她躺着，但丝毫没有病，身穿从“一价超市”（Uniprix）买来的玫瑰色睡衣……

今天，大约下午五点，一切都差不多安排就绪；最终的孤独出现了，它模糊不清，从此只有一个词可以言状，那就是我自己的死亡。 45

喉咙里像塞了一个球。我的苦恼，随着我准备一杯茶、写一封信、摆好一个物件而加剧——很可怕，就像我正在享受这套整理好的、“属于我的”房子，而这种享受却与我的绝望*粘贴*在一起。

这一切使我*无意*做任何工作。

46 大约晚上六点：房间里变热了，温暖、明亮而干净。我是尽了很大努力并诚心诚意地使房间变成这样的（我不无痛苦地享有了房间）：从此以后，而且永远，我都是我自己的母亲。

11 月 5 日

下午，悲痛。短暂的外出，买了点东西。我去甜品店 47
（并不十分必须）买了一块松糕。那位小个子的女售货员正为一位女顾客拿东西，说了声：好啦。在我照顾妈妈时，每当我送给她一样东西时，我都会这么说。她弥留之际，有一次，她于半清醒之中回了我一声：好了（即我还在这儿，这是我们一生中相互间常说的话）。

女售货员的这句话，一时使我热泪盈眶。我（回到隔音的家里）痛哭了好长时间。

于是，我确定了我的哀痛之所在。

它并不直接存在于孤独、经验等之中。我现在有了些宽心、有了些自制力，这使人们认为我已不像他们原本想象的那样难过。哀痛就出现于爱的联系即“我们以往相互眷爱”的情感被重新撕开的地方。最强烈之点出现在最抽象之点上……

11月6日

48 星期天的早晨，让人感到安逸。我独自一人。没有她之后的第一个星期天早晨。我感觉一个星期的每一天都在循环。我正在面对没有她的漫长时间。

（昨天）我理解了许多事情：过去使我振奋的一切（工 49
作职位、住房舒适、闲来聊天，甚至有时与朋友们开怀大
笑、写作计划等）都不具重要性。

我的哀痛，是对于眷爱关系的哀痛，而不是对于一种生活方式的哀痛。它借助于突然出现在我大脑中的（眷爱）词语袭上身来……

11月9日

50 我艰难地蹒跚在哀痛之路上。

强烈之点经常毫无变化地返回来：她在弥留之际有气无力地对我说的那些话，是我极度痛苦的抽象的和难以忍受的起因（“我的罗……我的罗……”——“我在这儿”——“你坐的地方不对”）。

纯粹的哀痛，不能归因于生活的变化、孤独等。它是眷爱关系的一道长痕、一种裂口。

可写、可说的越来越少，只是除了这一点（但我不会对任何人去说）。

11 月 10 日

我希望“有勇气”。但是，有勇气的时间，是她生病的 51
那段时间，是我照料她，看着她痛苦、悲凉而我只能默默哭泣的那段时间。每当需要承受一种决定、一种神色的时候，那便是需要勇气的时刻。——现在，勇气意味着要活着，而我太需要勇气了。

52 我被缺位之抽象的本质所震动。不过，它是强烈的、令人心痛的。我由此更好地理解了抽象：它就是缺位，就是痛苦，就是缺位之痛苦——因此也许就是眷爱吧？

我局促不安，几乎是某种犯罪感，因为我有时认为我 53
的哀痛压缩成了一种情绪表现。

但是，在我的一生中，难道我只有激动吗?

11 月 11 日

54 孤独＝家里没有可与之说话的人：我会在某个时刻回家，或者向某人打电话（说话）：现在，我回家了。

可怕的一天。我越来越觉得不幸。我哭了。 55

11 月 12 日

56 今天，是我的生日，我病了，而我不能——也不再需要向她说我病了。

［愚蠢］：当听到苏泽（Souzay）唱*“我心中备受煎 57
熬”时，我突然抽泣起来。

*我以前对其是嗤之以鼻的。[1]

① 见《资产阶级的词语艺术》（«L'art vocal bourgeois»），收于*Mythologies*（《神话学》），Paris，Seuil，1957，PP. 189～191。

11 月 14 日

58 在某种意义上，为解释我的悲伤，我不大想到母亲的身份。

当看到（借助于信件）许多（远方的）人通过她在 59
《RB》[①] 中的出现而理解了她的情况和我们的情况的时候，我感到了一种温馨。我曾成功地做到了这一点，而这一点现在又在好的方面给予了回报。

① 即《罗兰·巴尔特自述》(*Roland Barthes par Roland Barthes*)，Paris，Seuil，1975。

11月15日

60 一段时间之前，死亡是一种事件、一种突然出现，而在这种名义之下，它动员人、激励人、使人紧张、使人活跃、使人骤变。而后来，有一天，它不再是一种事件，而是另一种延续——一种呆滞的、无意蕴的、不被叙述的、沉闷的、无援的延续：这是无任何叙述辩证法可谈的真正的哀痛。

我要么万分悲痛，要么情绪不安，但有时又突发生活 61
之愿望。

11 月 16 日

62 现在，到处——在街上，在咖啡馆里，我看到每个人都处在某种不可避免地面临——死亡，即非常准确地讲是某种必定死去的情形之下。而且，我还清楚地看到，他们并不知道这一点。

有时，突然萌生想望（例如去摩洛哥旅游）。但这是先 63
前的想望——就像是已不合时宜的想望。这些想望来自彼
岸，来自另一个地方，即一个先前的地方。今天，那里成
了平淡无奇之地，死气沉沉，几乎没有了水泽，简直不值
一提。

11 月 17 日

64 （悲伤发作）

［因为 V 写信告诉我，她梦见了妈姆在吕埃市（Rueil），穿着一身灰色衣服。］

哀痛：这是难以忍受的地方，在这里，我没有了恐惧。

11 月 18 日

不要表现出哀痛（或至少不去关心哀痛），但要承认公 65
众有表达哀痛中所包含的眷恋关系的正当性。

11月19日

66 ［身份的模糊。］有几个月，我曾经是她的母亲。就好像我失去了我的女儿（是不是更痛苦呢？我不曾想过）。

我不无恐惧地明白，想起她对我说过的话而又不再使 67
我哭泣的那种时刻，仅仅是可能的……

68 从巴黎到突尼斯旅行。一系列的飞机故障。没完没了地在飞机场停留，呆在准备回家过宰羊节（Aïd Kebir）的突尼斯人中间。这一天的几次故障所带来的晦气，为什么恰好伴随着哀痛呢？

11 月 21 日

苦恼，后继无人，麻木：在突发情感的时候，只有写 69
作像是“引起愿望的某种东西”，它像是避难所、“得救之地”、计划之所在，简言之，像是“眷爱”，像是快乐。我在设想，诚恳笃信的妈妈有着奔向其“上帝”的同样举动。

70 在我从前那种谈吐洒脱、兴趣广泛、观察细微和生活丰富的作态与现在的悲伤频发之间，总是有这种失态的痛苦（因为这种痛苦是神秘的和无法理解的）。更为苦闷的是，它不是更为“混乱无序的”。但这样一来，我忍受的也许是一种成见。

自从妈姆故去，我在消化上很脆弱——就好像我在她 71
最关心我的地方得了病：饮食方面（尽管几个月来她已不再为我做饭）。

72 现在，我知道抑郁可能来自什么地方了：在重读今年夏天日记[①]的时候，我既对其感到“满意”（不能释然），又不无失望：写作，以其最高地位而言，也还只是微不足道的。抑郁来自于我在悲伤深处甚至不能与写作重新结合的时候。

① 罗兰·巴尔特曾经在《沉思》（“Délibération”）一文中发表过他 1977 年夏天的几段日记，见 *Tel Quel*，n°82，hiver 1979。

晚上 73

“我到处都感到烦恼。”

11月23日

74 在加贝斯（Gabès）[①]，令人不安的夜晚［风、乌云密布、可悲的简易平房、舍姆旅馆（Chems）酒吧里的民俗演出］：我在思想上，已无处可躲：巴黎没有地方，旅行中也没有地方。我已无藏身之处。

① 突尼斯的一个港口。——译者注

11 月 24 日

我的惊异——也可以说我的不安（我的不适），说实在 75
的，并非来自于一种缺失的东西（我不能将其描述为像是一种缺失，我的生活并非混乱无序），而是来自于一种伤害，那是某种刺痛眷爱之心的东西。

1977 年 11 月 25 日

76 ＋ 自发性

我称之为自发性的东西：仅仅是一种极端的状态，在这种状态中，例如妈妈从她已经很弱的意识深处故意不去想她自己的痛苦，而是对我说："你像是病了，你坐的地方不对。"（因为我坐在小凳子上为她扇风。）

11月26日

哀痛的不连续特征让我非常害怕。 77

11 月 28 日

78 我可以向谁提出这个（希望得到回答的）问题呢?

在没有你所爱的人的情况下活着，是否意味着你远不如你所认为的那样爱他呢?

冬天，夜里很冷。我却觉得暖和，而且还是独自一人。79
我立即懂得，我应该在这种孤独中，在有“缺位之出现”相伴即与之粘固在一起的情况下，习惯于自然地存在，习惯于活动，习惯于工作。

11 月 29 日

80 翻阅，即为《中性》① 重新做注释。摇摆不定（中性与现时）。

---

① 这里说的是罗兰·巴尔特重大工作计划中的一项内容，那就是准备关于《中性》的讲稿（法兰西学院，1978 年 2 月 18 日至 6 月 3 日）。见罗兰·巴尔特的《中性》（*Le Neutre*），Paris，Seuil/IMEC，“书写的痕迹”丛书，托马·克莱克（Thomas Clerc）整理，2002 年。尤其可参照《中性的活力》（«L'actif du Neutre»）（P. 116）或《摇摆不定》（«Oscillation»）（P. 170）两个方面形象。

→"哀痛" *81*

在一种独白之中，我向AC解释说，我的悲伤如何是混乱的、无秩序的。正是在这一点上，我的悲伤拒绝服从于时间的一种哀痛之通常的观念，即精神分析学的观念，因为那种哀痛自我思辨、自我消耗、"自我安排"。悲伤并没有立即带走任何东西——但它并不自我消耗。

——对此，AC回答：这就是哀痛。(它就是这样构成**懂得**之主体、**简化**之主体。)

——我很痛苦。我无法忍受有人在简化。

——克尔凯郭尔[①]说，有人在使我的悲伤一般化：就好像有人在偷走我的悲伤。

---

① 克尔凯郭尔（Søren Kierkegaard，1813—1855，丹麦神学家，存在主义的先驱之一。——译者注）说："我一说话，我就解释一般情况，而如果我缄默，谁都不会理解我。"见《惧怕与颤栗》(*Crainte et Tremblement*)，法文本译者为蒂索（P.-H. Tisseau）、让·瓦尔（Jean Wahl），奥比耶·蒙泰尼（Aubier Montaigne）作序，"精神哲学"（«Philosophie de l'esprit»）丛书，第93页。罗兰·巴尔特经常参照这部著述。

82　　→“哀痛”

[我向 AC 解释]

哀痛：不消耗、不听命于消耗、时间。混乱、无秩序：一些（生活的悲伤/眷爱）时刻，现在也像第一天那样新鲜。

主体（即我）只能是出现的，他只处于现在时之中。这一切≠精神分析学：19 世纪的研究者：关于时间的哲学、关于位移的哲学，通过时间来产生变化（比如疗养）；组织系统。

参阅凯奇[①]。

---

① “现在时”是美国作曲家约翰·凯奇（John Cage）研究的基本要素之一。在这一点上，重点参阅约翰·凯奇与达尼埃尔·夏尔（Daniel Charles）在《谈鸟》（*Pour les Oiseaux*）中的谈话，Belfond 出版社，1976，该书经常出现在罗兰·巴尔特的参考书目之中。

11月30日

不要说哀痛。这过于精神分析学式了。我并不处于哀 83
痛的状态之中。我悲伤。

84 新生活[①]，作为彻底的举动（中断——必须中断此前蓄势待发的东西）。

两条矛盾的路径是可能的：

1）自由、刚性、真理

（颠倒我曾经是的）

2）宽容、仁慈

（突出我曾经是的）

---

① 新生活，即由被爱之人的哀痛所要求的完全崭新的生活，对于这种生活的欲望明显地是指但丁的做法，因为他通过《新生活》发明了说出爱情与哀痛的一种叙述和诗歌形式。1979 年夏天，罗兰·巴尔特在新生活名下制定了一项写作计划，在这项计划中，母亲即妈姆想必是基本的主角之一。参阅《全集》，第四卷，1007～1018 页。

每当悲伤的“时刻”，我都认为，正是在这种时刻，我 85
第一次实现着我的哀痛。

这意味着：强烈无比。

12月3日

86 [夜晚，埃米里奥与FM. 巴尼耶。]

我逐渐地脱离了会话（我对有人认为我出于蔑视而拒绝会话感到痛苦）。FM. 巴尼耶（已由尤素夫取代）创立了一种有力的（此外也是天才的）属于价值方面、规则方面、诱惑力方面、风格方面的系统；但是，这种系统越是稳固，我就越觉得被排斥在外。所以，我渐渐不再斗争了，我离开了，而不去顾虑我的形象。这一情况是从先前是很少地、随后是彻底地远离社交活动开始的。在这种发展过程中，逐渐掺入了对于我认为是活着的妈姆的怀念。而最终，我还是跌入了一种悲伤的深穴之中。

12 月 5 日

［我感觉我在失去 JL[1]——他正在离开我。］如果我失 87
去他，我就会被无情地送回到、压缩到死亡之区域。

① 即前面出现的让·路易。——译者注

12月7日

88 现在，确认之意识，有时意外地像一种正在破裂的气泡冲撞着我：她不在了，她不在了，她永远地和完全地不在了。这种情况是模糊的，无形容词的，即令人眩晕的，因为它是无意蕴的（即无可能的解释而言的）。

新的痛苦。

有关死亡的一些（简单）用语： 89

——“这不可能！”

——“为什么？为什么？”

——“永远不在了。”

等等。

12月8日

90 哀痛：不是压垮，不是阻滞（这大概要求一种“完成”），而是一种充满痛苦的空闲：我警惕着，同时等待着、窥视着一种“生活意义”的到来。

12 月 9 日

哀痛：不安，即没有可能的威胁之景状。 91

12月11日

92 在这个寂静的星期日早晨，我的心最为阴沉。

现在，我逐渐地意识到一个严肃的（无望的）话题：今后，我的生活的意义是什么呢?

1977年12月27日

于尔特村。 93

一阵痛哭。

（是因为黄油和黄油碟而与拉歇尔和米歇尔闹别扭引起的。）1）为必须与另一个“家庭”生活在一起而感到痛苦。于尔特的一切都使我想起她所维持的家庭、她的屋舍。2）任何（共同生活的）夫妻都会形成一个圈子，单独的人就会被排斥在外。

1977 年 12 月 29 日

94 我的哀痛难以描述，它来自于我并不使其变得歇斯底里这一点上：它是持续的不安，非常特殊。

1978 年 1 月 1 日

在于尔特村，强烈而持续的悲伤；不间断地引起不悦。 95
哀痛在加剧、在加深。奇怪的是，开始时，我还饶有兴致地探究这种新的景状（孤独）。

1 月 8 日

96 大家都“非常热心”——然而我却觉得孤单。（“不亲近人的人。”）

1978 年 1 月 16 日

不再有许多的感想，而只有：郁闷——连续的不安掺 97
杂着郁闷（今天，是郁闷。不能写成不安）。

一切都在引起我的不悦。任何微不足道都会在我身上引发被遗弃的联想。

我无法忍受其他人，无法忍受其他人的生存愿望、其他人的世界。我被一种远离其他人的决心所诱惑（不能再忍受 Y 的世界）。

98 我的世界：模糊。没有任何东西在其中真正地发出声响，没有任何东西在其中结晶。

1978年1月17日

这一夜，净是噩梦：妈姆正忍受着折磨。 99

1978 年 1 月 18 日

100 无法补救的是，我既被撕裂，又被包容（对于痛苦，无任何可能进行歇斯底里式的威胁，因为它是确定了的）。

1978年1月22日

我不想孤独，但却需要孤独。 101

1978 年 2 月 12 日

102 缺乏宽容，我会感到难受（不愉快、泄气）。我会痛苦。

我只能将这一点与妈姆的形象联系起来，她是那样的宽容（不过，她常对我说：你是仁慈的）。

她故去了，我一直认为，我正以某种完美的“仁慈”在升华这种故去，那便是放弃任何计较、任何嫉妒、任何自恋。于是，我变得越来越不“高高在上”，越来越不“贵族气十足”了。

下雪了，巴黎下了许多雪；这很怪。 103

我自言自语，于是我又痛苦难忍：她永远不会再呆在这儿看下雪了，永远不会再让我给她讲下雪了。

1978年2月16日

104 早晨，还在下雪，而电台播放的，是一些浪漫曲。多么让人悲痛啊！我想到我过去生病的那些早晨，我不去讲课，我幸福地与她呆在一起。

1978 年 2 月 18 日

哀痛：我理解它是不动的，是时有时无的：它并不自 105
我消耗，因为它不是连续的。

间断，即准备着向其他事物的猛然一跃，如果它来自于社会交往的扰动、来自于一种纠缠，那么，抑郁就会增加。但是，如果这些（引起时有时无状态的）“变化”趋向沉默、趋向内在性，那么，哀痛的伤痕就会变成一种更高的思想。（疯狂之）庸俗性≠（孤独之）高贵。

106 我过去一直认为，妈姆的故去会使我成为一个“强人”，因为我可以像社交界人士那样不问世事了。但是，事与愿违，我还是非常脆弱（对处于被放弃状态的小人物来说，这很正常）。

1978年2月21日

[支气管炎。妈姆去世后我首次犯这种病。] 107

早晨，不停地想念妈姆。难以忍受的悲痛。因不可补救而难以忍受。

1978年3月2日

108 使我能承受住妈妈去世的东西，似乎就是对于自由的某种享有。

1978 年 3 月 6 日

我的外套很可怜，以至于我认为，妈姆过去似乎忍受 109
不了我经常围着黑色或灰色的围巾。因而，我常听到妈姆对我说要穿戴有点色彩的东西。

于是，我平生第一次围上了一条带色彩的（苏格兰图案的）围巾。

1978 年 3 月 19 日

110 M 与我都感受到，反常的是（既然人们通常说：工作吧，消遣吧，理解世人吧），正是在我们陷入无序、忙乱、有人求、忙于应酬的时候，我们最悲伤。内心性、沉默、孤独并不使悲伤变得更痛苦。

1978年3月20日

有人说（潘泽拉夫人[①]对我说）：时间会平息哀痛。——不，时间不会使任何东西消失；它只会使哀痛的情绪性消失。 111

① 这里说的，很可能是夏尔·潘泽拉（Charles Panzera）先生的夫人，她死于1976年6月6日，终年80岁，而罗兰·巴尔特与他的同学米歇尔·德拉克鲁瓦（Michel Delacroix）曾在20世纪40年代之初在她那里上过音乐课。

1978年3月22日

112　当悲伤即哀痛达到最快节奏的时候……

情绪（情绪性）消失，悲伤依然留存。 116

1978年3月23日

113 学会将（变得平静的）情绪性与（一直存在的）哀痛做（可怕的）分离。

我急于（几周以来，我不停地验证是否做到了）找回 114
写作有关照片书籍的自由（我已摆脱了耽搁），也就是说，把我的悲伤包含进一种写作之中。

我相信、似乎还能验证，写作可以在我身上转换情感的“积郁”，可以辩证地处理“危机”。

——兰开夏式摔跤：已经写过，不再需要过目。

——日本：同上。

——奥利维耶（Olivier）情绪动摇→《论拉辛》

——RH情绪动摇→《恋人絮语》

115 [——也许**中性**→能转换对于**冲突**的惧怕？][1]

---

① 罗兰·巴尔特在几周后概述《中性》课程的论据时，明确地说："……我们把躲避或破坏意义的聚合结构即对立结构，因而旨在中止话语的所有冲突条件的任何变化，确定为属于中性"，见上述作品《中性》，第 261 页。在 1978 年 5 月 6 日的课上，他尤其写道："躲避冲突、'巧妙地摆脱'（这有点像整个课程的情况）的方式"（第 167 页）。

对于兰开夏式摔跤，请见《神话学》（*Mythologies*），Seuil 出版社，1957；对于日本，请见《符号帝国》（*L'Émpire des signes*），Skira 出版社，1971；对于《论拉辛》（*Sur Racine*），Seuil 出版社，1963；对于《恋人絮语》（*Fragments d'un discours amoureux*），Seuil 出版社，1977。

1978 年 3 月 24 日

悲伤，就像一块石头…… 117

（压在我的脖子上，直至我内心深处。）

1978 年 3 月 25 日

118 昨天，我对达米施说：情绪性消失，悲伤依然留存。——他对我说：不，情绪性会回来的，你等着吧。

这个夜里，噩梦中又出现了失去的妈妈。我激动不已，快哭出来了。

1978 年 4 月 1 日

实际上，说到底，总是这样：就好像我是死的一样。 119

1978年4月2日

120 既然我已经失去了我生活的**理由**——为某人而感到害怕的**理由**，现在，我还有什么可失去的呢？

1978年4月3日

“我忍受着妈姆去世带来的痛苦。” 121

（正缓缓地形成文字。）

122 绝望：这个词过于戏剧性了，它属于言语活动。

一块石头。

1978年4月10日

于尔特。与贝特·达维（Bette Davis）一起看怀勒[1]的 123
影片《小狐狸》（*La Vipère*）（*The Little Foxes*）。

“那个女孩在某个时刻谈到了‘搽面香粉’。”

“我的整个童年又回来了。妈妈。盛香粉的盒子。一切都在那里。我也在那里。”

→自我不会衰老。

（我还像**搽面香粉**那个时候一样“纯真”。）

---

① 怀勒（William Wyler，1902—1981）：祖籍瑞士的美国电影导演和制片人。——译者注

大约 1978 年 4 月 12 日

125 写作是为了回忆吗？不是为了自我回忆，而是为了与忘却之痛苦作斗争，因为忘却是绝对的。很快，就“没有任何痕迹了”，不论在何处，也不论是何人。

“立碑”之必要性。

Memento illam vixisse.①

---

① 请你记住她曾生活过。

马拉喀什，
1978年4月18日

自从妈姆去世之后，我就没有了在旅行时（当我短时 126
间离开她的时候）才有的那种自由感觉。

卡萨布兰卡，1978年4月21日[①]

124 哀痛

对于妈姆之死的思考：突然而急速地变化着，很快就叫人心衰力竭，叫人万分难受，而又觉得茫然，其本质是：对于**终结**的确认。

---

① 正是在卡萨布兰卡期间，4月15日，罗兰·巴尔特感受到了一种闪亮的思想，这种思想类似于“普鲁斯特在《追忆似水年华》的结尾处获得的那种灵感”。这种灵感处于《新生活》计划（见1977年11月30日日记的注释）和他的《小说的准备》（*La Préparation du roman*，Paris，Seuil/IMEC，2003，P. 32）课程的中心位置。

哀痛[1] 127

加尔代《神秘性》，第 24 页[2]

［变化，衰竭，**终结**的翅膀在掠过。］

（印度）

＝“准确无误地断定一种彻底的否定性神学，是获得所体验过的智力无知状态的途径。”

哀痛之衰竭＝醒悟（见其第 42 页）

“没有了任何思想活动。”

（“打破主体与客体间的任何区别。”）

---

① 原书在这一页上没有标明日期，其位置就是在排在 4 月 18 日与 4 月 28 日之间的。——译者注

② 路易·加尔代（Louis Gardet）：《神秘性》（*La Mystique*），PUF 出版社，1970。

卡萨布兰卡，
1978 年 4 月 27 日，
返回巴黎前的早晨

128 哀痛。

在这里，一连两周，我不停地想念妈妈，不停地忍受着她的去世。

到了巴黎，还会有家，还会有秩序——当她在世的时候，这种秩序就是我自己的秩序。

在这里，远不是这样，整个秩序都垮掉了。奇怪的是，当我“在外面”、远离“她”、寻欢作乐（?）、“休闲消遣”的时候，我则忍受更大的痛苦。在人们对我说“你在这儿拥有一切，可以忘却其他”的时候，我却更难以忘却。

哀痛。 129

妈姆去世之后，我认为：我在仁慈方面有了某种解放，她还经常作为榜样（形象）出现，而我则从引起那么多斤斤计较的（对于顺从的）“惧怕”之中解放出来。[因为，从今以后，我不是把一切都置之度外了吗？置之度外（对于自身）难道不是某种仁慈的条件吗？]

但是，哎，情况却是相反的。我不但没有放弃我的任何自私、任何微不足道的所爱，不但继续不停地“有所偏好”，而且，我还不能把爱投注到某个人身上。所有的人都在我的关切之外，甚至是最亲近的人。我感受到了——这当然是很难受的——“心的荒芜”，即疏忽。

1978 年 5 月 1 日

130 想到、懂得妈姆永远地、完全地故去了（“完全地”，意味着只能猛然地去思考，而不能在这种思考上停留太久），就是真真切切地（即完全地、同时地）想到我也会永远地、完全地死去。

因此，在哀痛（比如我的哀痛）之中，有对于死亡的一种根本的和全新的储备，因为在此之前，这还只是借来的懂得[①]（是笨拙的，来自于 autres[②]、哲学等），而现在，这是我的懂得。比起我的哀痛来说，它不大会带给我更大的痛苦。

---

① 这里的懂得（savoir），是一种符号学模态，它与“应该”、“能够”、“想要”、“相信”共同构成符号学主要行为模态，但它们又分别可以与“做”（“进行”）这种行为和“是”（“成为”）这种状态构成多种搭配（例如“想要做”、“想要成为”、“应该做”、“应该成为”、“能够做”、“能够成为”、“懂得做”、“懂得成为”、“相信做”、“相信成为”），从而为叙述话语提供了发展的依据。——译者注

② 这里，字迹不清：也可以将其读为“arts”（“艺术”），而不读为“autres”（“其他人”）。

1978年5月6日

今天，已经是严重的不悦，在大约傍晚的时候，正是 131
可怕的悲痛时刻。亨德尔[①]的一曲非常美妙的低音乐章[《塞墨勒》(*Semele*)，第三章]，使我热泪盈眶。我想起妈姆说过的话（“我的罗……我的罗……”）。

---

① 亨德尔（Georg Friedrich Haendel，1685—1759）：祖籍为德国的英国作曲家。——译者注

1978年5月8日

132 （为了我最终能写作的这一天的到来。）

终于！在离开了我甚至为之呕心沥血的写作之后，经历了无数次疲惫的纠缠，终于从我的悲伤中复活了这一天。

（借助其他来脱离悲伤，即借助其他来脱离“思考”。）

我不曾想获得形象，而是想获得［对］这种形象的思考[1]。

---

① 罗兰·巴尔特最终涂掉了介词“de”；我们则将其放进方括号之中，为的是向读者提供作者先后考虑的两种意义。

1978 年 5 月 10 日

一连好几夜，形象——噩梦，我在其中看到了妈妈， 133
她病着，情绪低落。可怕。

我忍受着对发生过的事情的惧怕。

参阅温尼克特：对于已发生过的崩溃感到惧怕[①]。

---

① 参阅温尼克特（Donald Woods Winnicott，1896—1971，英国精神分析学家。——译者注）的文章《惧怕崩溃》（«La crainte de l'effondrement»），见于《新法国精神分析学杂志》，*Nouvelle revue française de psychanalyse*，n°11，Gallimard，printemps，1975。

134 妈姆的辞世将我置于孤独之中，这种孤独又将我置于她根本不参与的那些领域：我工作的领域。我在不无痛苦地感到比从前更为孤单、更为被遗弃的情况下，无法阅读对这些领域的攻击（伤害）：救助的崩溃，即便这种救助存在，我也从来不直接地求助。

哀痛，即遗弃之彻底的（惊慌的）换喻。

1978 年 5 月 12 日

［哀痛］ 135

在黑暗之中，我摇摆于确认。（但准确地说：这确切吗?）我只是处在有时候、断断续续、时有时无地是不幸的（即便这种痉挛状态是紧凑的）与深信从根本上、实际上自从妈姆去世以来我就一直、每时每刻地都是不幸的之间。

1978 年 5 月 17 日

136 昨天晚上，看了一部荒谬和粗俗的电影——《一二二》[①]。故事发生在我经历过的斯塔维斯基事件[②]时期。一般说来，这个事件不会使我有任何所想。但是突然，背景中一个细节使我情绪激动：仅仅是一只带褶皱灯罩的灯，它的细绳正在下垂。妈姆过去常做灯罩——因为她做过制作灯罩的蜡防花布。她整个人突然出现在了我的面前。

---

① 法国电影，全名为《一二二，普罗旺斯街 122 号》（*One Two Two*，*122 rue de provence*），制作于 1978 年，讲的是 1935 年一对里昂的青年男女以不同方式获得成功的故事，属于悲喜剧影片。——译者注

② 斯塔维斯基事件（Affaire Stavisky）：始于 1934 年 1 月的一次法国政治事件。斯塔维斯基（Serge Alexandre Stavisky）原是俄国犹太人，随父亲一起来到法国，1910 年加入法国国籍。他从步入社会就从事金融业务，但不时爆出不轨丑闻。不过，法院每一次都对此不了了之。1931 年，他与其他人在巴约纳市（Bayonne）创立了一家信贷银行，该银行很快就成了法国的著名银行之一，他也随之成了巴黎金融界大明星。1934 年 1 月 9 日，他突然神秘地被人杀害，遂引起银行储户于同年 2 月 6 日的暴乱，此事件一直持续到 1935 年。——译者注

1978年5月18日

像爱情一样，哀痛也以不现实和纠缠来刺激世人、社 137
交之人。我抗拒世人，我忍受着他向我所要求的东西，忍
受着他的要求。世人在加剧着我的悲痛、我的冷漠、我的
苦恼、我的激怒等。世人在使我消沉。

138 （昨天）

从植物园咖啡馆望去，我看到一个女人坐在于纳书店[①]一个窗户的窗台上；她手持一个杯子，满脸倦怠。男人们都是背朝外，二楼站满了人。是一次鸡尾酒会。

5 月的鸡尾酒会。对于社会的和季节的俗套产生的伤心的、抑郁的感觉。叫人心碎。我在想：妈姆不在了，可是愚笨的生活还在继续。

---

① “植物园咖啡馆”（Café de Flore，或简称 Flore）和“于纳书店”（Librairie de la Hune，或简称 la Hune）是位于巴黎圣日耳曼大街（Saint-Germain）上的两个著名活动景点，两者隔街相对。——译者注

妈姆的故去，在我的一生中，也许是我没有神经质地 139
对待的唯一事情。我的哀痛并不是歇斯底里的，只是别人刚好看得出（这也许因为我无法承受对于母亲的去世“做戏剧化处理”的想法）；也许，在表现得更为歇斯底里、显示出抑郁、拒绝所有人的帮助、停止参与社会生活的情况下，我可能就不那么悲痛了。于是，我认为，非-神经官能症并不好，并不恰当。

1978年5月25日

140 在妈姆还活着的时候（即在我过去的整个生活中），我因担心失去她而处于神经官能症状态之中。

现在（这正是哀痛教给我的），哀痛可以说是我唯一不是神经官能症的方面：就好像妈姆从我这里带走了最坏的部分即神经官能症，这是她对我的最后馈赠。

1978年5月28日

哀痛的真情是很简单的：既然妈姆故去了，我便必死 141
无疑（没有任何东西像时间那样更能使我与死亡分开）。

1978 年 5 月 31 日

142 在我写的全部东西中，妈姆是以何种情况出现的呢？她出现在到处具有**致善**观念的地方。

[请参阅 JL 和 Éric M. 为《百科全书》（*l'Encyclopaedia Universalis*）写的有关我的词条。][①]

---

① 这里说的是 1978 年版《百科全书》的补充词条“罗兰·巴尔特”（“Roland Barthes”）。

我所需要的，并不是孤独，而是（工作上的）默默无闻。 143

我按照分析意义（哀痛之工作，梦想之工作）把“工作”转换成真实的“工作”，即写作的工作。

因为：

（有人说）人们借以摆脱重大危机（爱情、哀痛）的“工作”，不应草草地放弃；在我看来，这种工作只能在写作之中和通过写作来完成。

1978 年 6 月 5 日

144 每个人（这一点表现得越来越突出）都在行动（奔忙），为的是“被人认识”。

对于我来说，在我生命的这一刻（妈姆故去了），我是（通过书籍）被人认识的。不过，奇怪的是（会不会是错误的呢?），我模模糊糊地觉得，由于她不在了，我应该重新被人认识。这不是多写一本什么样的书就可以做到的：对于我来说，继续像过去那样，一本书接着一本书、一门课接着一门课地去做的想法，立刻就是致命的（我认为那样做是直接要我的命）。

（为此，我正在争取辞职。）

在重新明智地、坚毅地开始一部（未曾预先有所考虑的）书籍之前，我认为有必要（我强烈地感觉到）先围绕着妈姆来写一本书。

从某种意义上讲，也好像是我应该让人认识妈姆。这 145
一点，便是“立碑”的主题；但是：

在我看来，碑并不是持续不坏的、永久不朽的（我的学说完完全全是过眼烟云：连坟墓都会死的），它是一种行为、一种使人认识的主动行为。

1978 年 6 月 7 日
与 AC 一起参观“塞尚最后的日子”展览①

146 妈姆：属于塞尚绘画中的人物（晚年的水彩画）。

塞尚的蓝色。

① “塞尚最后的日子”展览于 1978 年 4 月 20 日至 7 月 23 日在巴黎大皇宫（Grand Palais）举办。

1978年6月9日

FW由于爱情而备受折磨，他痛苦、精神不振、抽不 147
开身、不出席任何活动等。不过，他没有失去任何人，他所爱的人活着，等等。而我呢，与他在一起的时候，我听他说话，我镇定、聚精会神、心无旁骛，就好像那种最为严重的事情不曾发生在我身上一样。

148 早晨，我路过圣-苏尔皮斯（Saint-Sulpice）教堂，它在建筑学上的简朴开阔风格使我为之一悦：到里面看看——我坐了一小会儿，做了某种本能的祈祷：但愿我写成《妈姆照片》（*Photo-Mam.*）一书[①]。接着，我注意到我总是在要求、在希望得到某种东西，总是被幼稚的欲望牵着走。什么时候，我坐在同一个地方，闭上双眼，而不要求任何东西……尼采：不祈祷，却祝愿。

哀痛所应该带来的，难道就是这样吗？

---

① 这本书应该是后来出版的《明室》（*Chambre claire*）一书。——译者注

（哀痛） 149

不是连续的，但却是不动的。

150 应该在被爱的人原先的状况与其故去后出现的状况之间，关心（渴望）某种和谐：妈妈被安葬在了于尔特，那里有她的坟墓，而她的遗物却留在了阿弗尔街（rue de l'Avre）[①]。

① 位于巴黎第15区：在那里，曾居住着一位新教牧师，他是巴尔特家族的朋友，巴尔特的母亲亨利耶特·巴尔特（Henriette Barthes）的“遗物”都交给了这位牧师，作为他的教堂的业绩。

1978年6月11日

下午与米歇尔一起清点妈妈的遗物。 151

从早晨，我就开始看着她的照片。

一种强烈的哀痛又开始了（但它不曾停止过）。不停地重新开始。西齐夫[①]。

① 西齐夫（Sisyphe）：古希腊神话中的人物，他曾揭露宙斯绑架过少女。——译者注

1978 年 6 月 12 日

152 在整个哀痛即悲伤期间（是那样的难以忍受：我承受不住了，也无法克服它），调情的习惯、表示爱慕的习惯依然不动摇地继续着（就像没有教养一样），那完全是一种表达欲望的话语，即我爱你的话语——而且这种话语非常快地减弱，却又从其他地方重新开始。

我极度悲伤。我哭了。 153

1978 年 6 月 13 日

154 不是取消哀痛（悲伤）（时间将会消除一切的想法是愚蠢的），而是改变、转换哀痛，使其从一种静态（停滞、堵塞、同一性的重复出现）过渡到动态。

[昨天晚上，米歇尔发火了，罗兰怨声不断。] 155

今天早晨，非常难过，重新拿起妈姆的照片，我被其中的一张感动了。在那张照片上，她还是个小女孩，温顺可爱，在菲利普·班热[①]旁边［谢纳维埃（Chennevière）冬天的花园，1898年］[②]。

我哭了。

但不想自杀。

---

① 菲利普·班热（Philippe Binger）：作者母亲的弟弟，即他的舅舅。——译者注

② 这幅照片，即为《明室》一书第二部分中间的那张照片（*Les Cahiers du cinéma*，Gallimard，Le Seuil，1980）。

156　人们有着（在这种情况下，是好心的塞韦罗[①]）通过现象来自发地确定哀痛的嗜好：你不满意你的生活吗？——可不是，我的“生活”很好，我没有任何外在的匮乏；但是，没有任何外部的干扰，没有“意外事件”，这是一种绝对的匮乏：确切地讲，这不是“哀痛”，而是纯粹的“悲伤”——没有替代、没有象征活动。

---

① 塞韦罗（Severo）：这里指的可能是罗兰·巴尔特的朋友塞韦罗·萨尔迪（Severo Sarduy，1937—1993），一位古巴籍诗人、画家、艺术批评家，长期居住在法国。——译者注

1978年6月14日

（八个月之后）：第二度的哀痛。 157

6 月 15 日

158 一切又立即重新开始：手稿寄来了，各种要求，这些人和那些人的故事，每个人都在他面前无情地发出其小小的（求爱、承认有过交往的）要求。她刚刚故去，世人就来烦扰我：没完没了。

奇怪：非常痛苦，不过，通过那些照片的故事，我感 159
觉真正的哀痛开始了（这也因为遮蔽虚假任务的挡板落下
了）。

1978 年 6 月 16 日

160 我向 Cl. M 谈起我急欲看一看妈妈的所有照片、考虑依据这些照片做一项研究工作的时候，她对我说：这也许为时过早。

竟然总是同样的多格扎[①]（最带有世人意愿的多格扎）：哀痛将成熟起来（也就是说，时间将会使哀痛像果实那样落下，或者使其像疖子那样破裂）。

但是，对于我来说，哀痛是不动的，它不服从于一种过程：对于哀痛来讲，没有任何东西是为时过早的（于是，一从于尔特回来，我就整理房间：这似乎也可以说：是为时过早的）。

---

① 按照罗兰·巴尔特的解释，“多格扎（Doxa，这个词会经常出现），即公共舆论，即多数人的精神”。——《巴尔特自述》（*Roland Barthes par Roland Barthes*），1975 与 1995 年版，第 52 页。——译者注

1978 年 6 月 17 日

第一度哀痛 161
虚假的自由

第二度哀痛
不无遗憾的自由
致命的自由，无
体面的用场

1978 年 6 月 20 日

162 在我身上，死亡与活着在斗争（不连续性，而且就像是哀痛所表现的那种含混性）（谁最后能胜利呢?）——不过，现在，是一种糊糊涂涂的生活（接活零碎，收益微薄，无重要性可言的约会）。

辩证的问题是，斗争的出路在于一种富有智慧的生活，而不是一种带遮挡物的生活。

6 月 21 日

第一次重读这些哀痛日记。每当涉及她、涉及她的做 163
人而不是涉及我的时候，我都会哭起来。

因此，情绪性又回来了。

它清新，就像服丧的第一天那样。

日记续篇

1978 年 6 月 24 日—
1978 年 10 月 25 日

1978年6月24日

内心化的哀痛，不大有符号。 167

这是在完成一种绝对的内心性。不过，任何明智的社会都曾为哀痛的内心化过程确立和制定规则。

我们的社会之苦恼，在于它拒绝哀痛。

1978年7月5日

（佩因特，第二卷，第68页[①]）

168 哀痛/悲伤

（母亲的故去）

普鲁斯特说的是悲伤，而不是哀痛（新的和精神分析学方面的单词，它使事情走样）。

① 佩因特（George D. Painter）：《马塞尔·普鲁斯特》第二卷《成熟年代》（1904—1922）［*Marcel Proust. Tome II*：*Les années de maturité*（1904—1922），trad. de l'anglais par G. Cattaui et R. -P. Vial，Paris，Mercure de France，1966］。

1978年7月6日（佩因特，第二卷，第405页）

1921年秋天 169

普鲁斯特差一点死去（因为他服用了太多的安眠药）。

——上天：“我们都将会在乔撒菲山谷重新见面。[①]

——嚯！您真认为我们应该再见面吗？如果我确信能见到妈妈，我愿即刻死去。”

---

① 乔撒菲山谷（Vallée de Josaph），即汲沦谷（Vallée de Cédron）。圣经中说，那是人死后复生的地方。——译者注

1978 年 7 月 9 日

170 为了离开住处去摩洛哥，我从妈姆卧病不起的地方拿掉了花。于是，我再一次感到了（对她的去世的）强烈惧怕：阅读温尼克特：千真万确：惧怕已经发生的事情。但是，这是更为奇怪的和不能再回来的事情。而这，正是终结之定义。

1978 年 7 月 13 日

哀痛 171

穆莱·布·塞拉姆（Moulay Bou Selham）①

我看见燕子在夏天的夜晚飞翔。我心里想——同时痛苦地想到了妈姆——不相信灵魂、不相信灵魂的不朽性是多么愚笨啊！唯物论是多么愚笨的真理啊！

① 卡萨布兰卡的一个居民区。

172 哀痛[1]

RTP II，769[2]

[母亲在祖母去世之后。]

……“这是记忆与虚无之间无法明白的矛盾。”

---

① 本页无日期。——译者注

② 马塞尔·普鲁斯特：《追忆似水年华》（*A la recherche du temps perdu*），克拉克（Pierre Clarc）与菲雷（André Ferré）整理的版本，第二卷，Paris，Librairie Gallimard，«Bibliothèque de la Pléiade»，1956。

1978年7月18日

哀痛 173

（卡萨布兰卡）

又一次梦见了妈姆。她对我说我不是很爱她——啊，多么残忍啊。但是，我很平静，因为我知道这不是真的。

我想，死亡就是一次入睡。但是，如果需要永远地梦想，那是多么可怕呀。

（今天早晨，是她的生日。我过去总是为她献上一束玫瑰。我在苏丹海小市场上买了两束，放在了我的桌子上。）

175 每人都有其自己的悲伤节奏。

1978年7月20日

哀痛 174

不能、也不应该以抑郁为借口用毒品来应对悲伤，就好像它是一种疾病、一种“中魔”即一种异化（某种使您变得古怪的东西）那样，它是一种本质的、内心的财富。

1978 年 7 月 21 日

176 哀痛

梅伊尤拉（Méhioula）。在我浑身感到不舒服之后（甚至想将我的回程日期提前），我在这里重新获得了些许平静，就像是获得了些许快乐。抑郁消失了。于是，我懂得了我所不能承受的东西：社交、世人，尽管是身在异域[穆莱·布·塞拉姆（Moulay Bou Selham），卡萨布兰卡]，并且我也懂得了我所需要的东西：一种温馨的环境变化：无孤独感的无世人（我的世人）状态［即便在埃勒·加迪达（El Jadida）那里，我重新见到了一些朋友，我就感觉不是太好］；但是，在这里，我只有莫卡（Moka）——我很难听懂他的话（尽管他经常对我说话）、他的漂亮而又寡言的妻子、他的有点野性的子女、北非干谷中极富向往的小伙子们、送给我一大把百合与黄色菖兰的安热尔（Angel），还有一群狗（甚至夜里很吵闹）等。

1978年7月24日

哀痛 177

梅伊尤拉

在任何旅行之中，最终都是这种喊声——每当我想念她的时候，我都喊道：我要回家！（我要回家！）尽管我知道她已不在家里等我。

（回到她不在的地方吗？——在那里，没有任何陌生的东西，没有任何无足轻重的东西，会使我想起她已不在了。）

［在梅伊尤拉这里，我已经非常接近可承受的孤独状态，总之，我已觉得这是我所有旅行中最好的一次，在这儿，只要有“世人”露面（卡萨布兰卡的朋友们、小个子电话接线女、埃勒·加迪达的朋友们等），我就感觉不舒适。］

178 梅伊尤拉

哀痛

在梅伊尤拉的最后一天。

早晨。太阳，一只鸟——歌声独特又缥缈，乡下的响声（发动机），孤独，平静，无任何外来干扰。

不过——或者比任何时刻都频繁，在一种无纷扰的气氛中，一想到妈姆的一句话，我就开始哭泣起来，这句话叫我冲动，使我精神空虚：我的罗！我的罗！（我不曾对任何人说过。）

哀痛 179

妈姆给我的东西：体内的规律性：不是法则，而是规则（有效，但很少可以随意）。

180 哀痛

或者 Φ[1]

冬季花园中的照片：我发狂似地寻求说出明确的意义。

（照片：不能说出明确的东西。文学产生了。）

“纯真”：它从来不贻害于人。

---

① 代表单词“照片”（photographie）的缩写符号，罗兰·巴尔特经常用在为《明室》（*La Chambre claire*）一书所准备的笔记当中。参阅让-路易·勒布拉弗（Jean-Louis Lebrave）的《关于〈明室〉的产生》一文，«Point sur la genèse de La Chambre claire»，*Génesis* n° 19，éd. Jean-Michel Place，Paris，2002。

1978 年 7 月 27 日[①]

［昨天晚上，1978 年 7 月 26 日，从卡萨布兰卡回来后，与朋友们一起吃晚饭。在（湖上楼，Pavillon du Lac）饭店里，保罗不见了。JL 认为这是在他们之间发生摩擦后出现的。他十分不安，便动身去寻找，他满头大汗回来，烦恼而有犯罪感——这使人想起保罗的自杀性冲动等。于是，他又动身去各处公园寻找等。］ *181*

大家在议论：如何知道呢？是保罗疯了（偶发事件），或者他就是残忍的（按照我的理解，我说他粗野）（总离不开癫狂的问题）。

→ 于是，我在想：妈姆教会了我不使所爱的人痛苦。

她从来没有让她所爱的人痛苦。这就是对她的定义，即她的“纯真”。

---

① 原书中，这一页日记没有标注日期，此日期为译者根据日记中的内容所加，以方便查询和与全书体例一致。——译者注

国家图书馆，1978年7月29日，
博内，第29页[①]

182 普鲁斯特1906年于母亲去世后写给安德烈·博尼耶（André Beaunier）的信。

普鲁斯特解释说，他只有在悲伤中才感到愉快……（但是他自感有罪，因为他的健康不佳是他母亲牵肠挂肚的原因）“要不是这种想法让我感到心碎，我会在回忆之中、在后来的生活之中、在我们过去共同经历的融洽气氛之中，找到一种我难以名状的温馨。”

第31页，写信给刚刚失去母亲（1907年）的乔治·德·洛里斯（Georges de Lauris）。

---

① 即亨利·博内（Henri Bonnet）：《1907至1914年的马塞尔·普鲁斯特》（*Marcel Proust de 1907 à 1914*），Paris，Nizet，1971。

“现在，我可以告诉您一件事情：您将会有一种满足，183
而您却还不会相信。当您母亲在世的时候，您总是会更多地想到您失去母亲的现在的日子。而现在，您会经常想起您从前有母亲的日子。当您以后习惯了这种可怕的事情被永远地置于了从前的时候，您又会感到它慢慢地复活起来，重新回到占据它的位置，而且是完全占据靠近您的位置。而眼下，还不大可能是这种情况。请您静候，等待着那种曾经造成您情绪低落的难以理解的力量使您重新有所振作，我说是有所振作，因为您会始终保留着某种被挫伤的东西。也请您告诉我这方面的情况，因为知道人们的爱永远不会减少、人们永远不会感到宽慰、回想只会越来越多，这也是一种温馨。”

184 ［看了一部希区柯克[1]的电影：《摩羯星座的情人们》（*Les Amants du Capricorne*）。］

英格丽·褒曼[2]（大约在 1946 年）写道：我不知为什么——我也不知如何说出，这位女演员，她的身体在打动我的心，她在我身上触动了某种东西，而这种东西使我想起了妈姆：她的肤色、她的美丽而又非常质朴的双手、一种清新的感觉、一种并非是自恋的女性……

---

① 希区柯克（Alfred Hitchcock，1899—1980）：原籍英国，后入美国国籍，著名电影导演。——译者注

② 英格丽·褒曼（Ingrid Bergman，1915—1982）：瑞典著名女演员。——译者注

1978 年 7 月 31 日

我沉浸在悲伤之中，而这种悲伤使我感到快乐。 185

凡是妨碍我沉浸于悲伤之中的东西，都是我所不能容忍的。

186 除了沉浸于我的悲伤之中，我无任何所求。

1978 年 8 月 1 日

[也许已经做了记录。] 187

我总是（痛苦地）对最终与我的悲伤生活在一起感到惊讶，这意味着我的悲伤严格地讲是可承受的。但是，这或许是因为我可以不管好坏地（也就是说，觉得不能完全做到）去说出这种悲伤，去用句子表述这种悲伤。我的文化，即我对于写作的嗜好，赋予我逢凶化吉的能力，或包容的能力：我借助于言语活动来包容 * 。

我的悲伤是难以表白的，但也还是可以描述的。甚至，语言提供给我“不可容忍的”这个词语这一事实，就能直接实现某种容忍。

* 包容，就是使人进入一个整体之中，也就是结盟——社会化、共产化、群居化。

188 对于多个地方和几次旅行的失望。我现在不在任何一处。很快，就会出现这种喊声：我想回家！（可是，我的家在哪里呢？因为她也不在任何一处了，而那个时候她在我可以回去的地方）。我在寻找我的位置。企望。

文学，就是这个样子：在没有痛苦、没有因无缘真实 189
而感到窒息的情况下，我就不能阅读普鲁斯特在他的信中
就疾病、勇气、他的母亲之死、他的悲伤等所写的全部
东西。

190 哀痛之可怕的形象表现：疏忽，即内心的冷漠；易激怒，无能力去爱。忧郁，因为我不知道如何在我的生活中恢复宽容，或恢复爱。如何去爱呢？

——更接近贝纳诺斯[1]书中（神甫）的母亲，而不是接近弗洛伊德的模式。

——我是如何爱妈妈的：我总是忍不住去看她，每一次（假期）看到她我都无比高兴，我把她与我的“自由”联系在一起；总之，我和她深刻地、认真地结合在了一起。疏忽来自于这种悲凉的事情：在我的周围，没有一个人，我有勇气对其做出相同的事情。伤心的自私主义。

---

① 贝纳诺斯（Georges Bernanos，1888—1948）：法国作家。——译者注

哀痛。在所爱的人去世时，这是自恋的剧烈阶段：人 191
们脱离疾病、脱离束缚。尔后，逐渐地，自由在凝结，悲凉在确定，自恋让位于一种可悲的自私即缺少宽容。

1978 年 8 月 3 日

192 有时（就像昨天，在国家图书馆的院子里那样），我真不知如何说出像是闪电一样瞬间出现的想法，那就是：妈姆<u>永远地</u>不在了；某种（终结之）黑色翅膀飞掠过我，并阻隔了我的呼吸；一种非常强烈的痛苦，为了生存下去，我似乎必须立即转向别的事物。

探究我对于孤独的（似乎是强烈的）需要：不过，我也（并非不强烈地）需要朋友。 193

因此，必须：1）我自己要经常地“呼唤”他们，我要自己具有活力，我要与我的麻木状态——尤其是懒于打电话——作斗争；2）要求他们理解，尤其是允许我给他们打电话。如果他们不是经常地、不是一贯地对我有所表示，在我看来，那就意味着我要对他们有所表示。

194 哀痛

只想去我无暇说出我想回家的地方旅行。

1978 年 8 月 10 日
普鲁斯特，SB 87[1]

“美并不是我们所想象的东西的较高级，并不是我们面 195
前的一种抽象类型，相反，它是现实推介给我们的一种新的类型，无法对其进行想象。”

[同样：我的悲伤并不是痛苦、遗弃等的较高级，并不是（可以归入元-言语活动的）一种抽象类型，相反，它是一种新的类型，等等。]

① 马塞尔·普鲁斯特《驳圣伯夫》（*Contre Saint-beuve*），贝尔纳·德·法鲁瓦（Bernard de Fallois）整理的版本，Paris，Gallimard，1954（罗兰·巴尔特使用的页码指的是 1965 年出版的«Idées-Gallimard»丛书的袖珍版本；而在 1954 年的版本中，则是第 80 页）。

196 普鲁斯特:《驳圣伯夫》,第 146 页

关于他的母亲:

……“她的面部,完全印刻着基督教教士的温情和冉森教教士[新教教士]的勇气,而面部美丽的线条……”[①]

① 普鲁斯特的引文为(1954 年版本第 128 页):“她的犹太人的脸,完全印刻着基督教教士的温存和冉森教教士的勇气,而面部美丽的线条在这种小小的、几乎是修道院式的家庭表象之中,使她成了埃丝特本身,这种表象是她想象出来的,为的是让躺在床上的那位说一不二的病人感到开心。”是罗兰·巴尔特用方括号加进去了“新教教士的”一词,这是他母亲的宗教信仰。

《驳圣伯夫》，第 356 页 197

"我们两人都缄默不语。"

关于普鲁斯特与母亲分别的那一页是让人心碎的：

"如果我要是离开几个月、几年、几……"

"我们两人都缄默不语……"

而"我说：总是这样。但夜晚（……），灵魂是不朽的，并且总有一天会团聚……"

198 我被这一点所打动：耶稣喜欢拉撒路[1]，在使他复活之前，他哭了（《圣经》中《约翰福音》部分，第 11 章）。

“上帝，您所喜欢的人生病了。”

“当他知道这个人生病了的时候，他依然在他所在的地方呆了两天。”

“我们的朋友拉撒路在休息；我去叫醒他。” [使他复活。]

……“耶稣内心激动了。他心绪不宁，等等。”

第 11 章第 35 句。“上帝，过来，请看。”耶稣哭了。于是，那些犹太人说：“他是多么喜欢他呀！”

他再一次内心激动起来。

---

① 拉撒路（Lazare）：出现在《新约》中的人物。——译者注

［罗贝尔·德·弗莱尔（Robert de Flers）的祖母刚刚故去，普鲁斯特对她的描述（《家世》，*Chroniques*，P. 72[①]）。］ 199

“我早就目睹过她作为祖母的眼泪，亦即她还是小女孩时的眼泪……”

① 马塞尔·普鲁斯特：《家世》，*Chroniques*，édition établie par Robert Proust，Gallimard，1927。这里提到的文本名称是《一位祖母》（«une grand'mère»），并在1907年7月23日的《费加罗》（*Le Figaro*）报纸上刊登过。是罗兰·巴尔特加上的重点号，而且所标明的页码是有误的：实际上应该是第67～68页。

1978 年 8 月 11 日

200 在翻阅有关舒曼的一本画册时，我立即想到，妈姆很早就喜欢他的那些间奏曲（我曾经让电台播放过一次）。

妈姆：我们之间言语不多，我沉默着（这是普鲁斯特引用的拉・布吕耶尔的话），但是，我回想起了她细小的爱好、细小的判断。

1978 年 8 月 12 日

（《俳句》，米尼耶，第 XXII 页[1]） 201

8 月 15 日的周末，很静；在收音机里播放着巴尔托克[2]《森林王子》（*Prince de bois*）的时候，我正读到这里［参观芭蕉[3]在其著名的游记中写的白野寺（Kashino）］：“我们长时间地坐着，无限的宁静。”

我立即感受到某种温馨的、快乐的悟性，就好像我的哀痛得到了平息、得到了升华、得到了协调，在没有被消除的情况下得到了深化——就像“我重新找回了自我”。

---

① 罗歇·米尼耶（Roger Munier）：《俳句》（*Haïku*），伊夫·博纳福瓦（Yves Bonnefoy）作序，Paris，Fayard，coll. «Documents spirituels»，1978。

② 巴尔托克（Béla Bartok，1881—1945）：匈牙利作曲家。——译者注

③ 这里的芭蕉，应该是松尾芭蕉（1644—1694），日本 17 世纪著名俳句诗人。——译者注

1978年8月18日

202 为什么我不能再承受旅行了呢？为什么我像一个迷路的孩子那样无时不想“回家”呢？——可是，妈姆已经不在那里了。

继续与妈姆“说话”（因为言语被分享就等于是出现），这一情况不在内心话语[①]中进行（我从未与她“说话”），但却是在生活方式上进行：我尝试着继续按照她的价值来度过每一天——由我来做她从前做的饭菜，保持她做家务的秩序，伦理学与审美相结合是她无与伦比的生活和打发每一天的方式。然而，家务经验的这种“个性”在旅行中是不可能实现的，它只有我家里才可能。旅行，就是我与她 203
分离——更何况，她既然已不在家了，也就只是我每天最深的心事。

---

① “言语”（parole）与“话语”（discours），在20世纪70年代，还是两个意义区别较大的符号学概念。按照索绪尔的理论，“言语”对立于“语言”，“言语”就像是某种概念储备库，具有提示性和讯息性，而“话语”则是句子的连接体，甚至就是成篇的“会话”即“文本”，它被看作是一种符号学过程。后来，两个概念出现了相互靠近的变化，前者被看作是一些操作过程或手段，后者则被看作是结果；当然也有互相代替的用法。——译者注

204 她生病期间住的房间，就是她故去时的房间，也是我现在就寝的房间。在她的床依靠过的墙壁上，我挂了一幅圣像（并不是因为信仰），我还总是把一些花放在桌子上。我最终不再想旅行了，为的是能够呆在家里，为的是让那些花永远不会凋落。

分享平静的每一天的价值（做饭，搞卫生，整理衣服，205
创造美感，把东西摆放得与过去一样），就是我和她交流的
（平静的）方式。于是，尽管她已不在了，我仍可以继
续做。

1978年8月21日

206　说到底，抑郁与行不通的时刻（旅行，交际场合，到于尔特走一走，潜在的做爱要求）所共有的特征，就是这种情况：我不能忍受——哪怕是间断地忍受——我可以用某种事物替代妈姆。

最好的时刻，就是处于我和她在一起的生活有某种延长的情境（住处）的时刻。

既然我过去最爱、现在爱得最深的人们都不会留下什么，我，或者一些往日的幸存者，为什么要祈望有什么后世、留下哪怕一点点遗迹呢？对于妈姆的思念，不会比我和那些认识她并且也会死去的人们维持得更久，那么，在我自己之后、在**历史**阴冷的和撒谎的不为人所知的地方延续，对于我还有什么意义呢？我并不想为我一个人竖什么“碑”。 207

208 悲伤是自私的。

我只说我自己。我不能谈论她，不能去说她过去的情况，不能对她进行令人心碎的描绘（就像纪德[①]对于玛德莱娜所做的那样）。

（不过：一切都是真实的：温存、精力旺盛、高贵、仁慈。）

---

① 纪德（André Gide，1869—1951）：法国作家，主要作品为《伪币制造者》（*Faux monnayeur*）。玛德莱娜是他的妻子。——译者注

在我看来，最远离我的悲伤、最对立于我的悲伤的东 209
西，便是阅读《世界报》，而且是以她那种尖刻和无事不晓
的方式来阅读。

210 我曾尽力向JL解释（但这只在于一个句子）：

我的整个生活，从童年算起，只有与妈姆在一起时才快乐。这并不是一种习惯。我非常愿意在于尔特度假（尽管我不大喜欢农村），因为我知道，我在那里能时时刻刻和她在一起。

1978 年 9 月 13 日

哀痛 211

即悲伤之

可怜的

自私表现（孤芳自赏）

我的寓意之说[①]

212 ——审慎，需要勇气

——要有勇气不成为有勇气的

① 这张纸片没有标明日期，并且是用一条斜线划掉了的。

1978 年 9 月 17 日

从妈姆去世后，尽管——或者借助于——做出不懈努 213
力去开始一项重要的写作计划，但我对于自我，即对于我所写的东西的信心越来越差。

1978 年 10 月 3 日

214 极度简朴，使她不是没有一点个人物品（丝毫不是苦行主义），而是只有很少的个人物品，就好像她很早就想到，在她去世后，人们不需要“摆脱”属于她的东西那样。

没有她的日子，是（多么）漫长的。 215

1978年10月6日

216 [今天下午，授课迟到，产生了令人疲惫的烦恼。我在法兰西学院的报告会→人们会想到，他在报告会上几乎产生了→情绪波动→**惧怕**。于是，我发现了（?）这样的情况：]

惧怕：总是得到肯定和书写，就像是我的中心。妈姆去世之前，是这样的惧怕：惧怕失去她。

既然我已经失去了她，又该如何呢？

我还总是**惧怕**，而且更为严重，因为相反我更脆弱起来（由此，我热衷于退休，也就是说，热衷于去一个完全躲避惧怕的地方）。

那么，现在还惧怕什么呢？——是惧怕我自己死去吗？大概是的。但是，似乎也不是（我感觉是这样），因为死去，是妈姆已经做过的事情。（与妈姆重新在一起是不错的梦幻。）

因此，实际上：这便是温尼科特的精神病患者，我惧 217
怕已经发生过的一种灾难。我以无数替代的方式在自己身上不断重新开始这种惧怕。

由此，现在，激励起各种想法、各种决心。

去我产生惧怕的地方，以此来驱除这种**惧怕**（借助于情绪性，很容易标记这种地方）。

彻底清除妨碍我书写妈姆、不要我书写妈姆的东西：主动地脱离悲伤：让悲伤转为主动。

[这个文本就应该在这一页、在**惧怕**的这种开启阶段（产生、变化）结束。]

1978年10月7日

218 我注意到，我在我身上重新复制妈姆的某些细小的特征：我忘掉我的钥匙，忘掉在市场上购买的水果。

我过去认为，可以用记忆力衰退来标志她的特征（我听到过她对这方面的低声抱怨），现在，这种衰退则成了我的。

1978年10月8日

至于死，妈姆的死让我确信（而在此之前是抽象的）， 219
所有的人都是要死的——在这一点上从来不会有歧视可言，于是，以这种逻辑来确信应该死亡使我感到慰藉。

1978 年 10 月 20 日

220 妈姆故去一周年的日子临近了。我越来越害怕，就好像在这一天（10 月 25 日）她还会第二次故去那样。

1978年10月25日

妈姆故去一周年的日子。 221

一整天在于尔特。

在于尔特，房子是空的，墓地，坟是新的（对于最终会变得很小的她来说，坟太高、太大）；我的心紧揪着；我像是没有表情，没有内心的善举表示。周年的象征性没有带给我任何东西。

222 我再一次想到了托尔斯泰的中篇小说《塞日大爹》（*Le Père Serge*）（我最近看了改编的电影，不好）。最后的情节：当他看到童年时的一个小姑娘这时已变成提不出任何有关外表、圣洁和教派等问题，而只是以爱心照顾自己家人的祖母玛夫拉（Mavra）的时候，他获得了平静（感觉或免除感觉）。我心里想：这就是妈姆。在她身上，从来没有过一种元-言语活动[①]、一种姿态、一种任意的形象。这就是“圣洁”。

[噱，真是反常：我极富“智力”，至少被认为是如此，我满脑子（我所捍卫的）不间断的元-言语活动，她却对我高贵地说着非-言语活动。]

① 元-言语活动（méta-langage）：语言学与符号学术语，指的是具有解释功能的理论性言语活动，这句话的实际意思是“她从不高谈阔论”。——译者注

新日记续篇

1978 年 10 月 25 日—
1979 年 9 月 15 日

1978 年 11 月 4 日

哀痛日记写得越来越少。像陷入沙滩，举步艰难。什 224
么？不可避免？是遗忘了吗？（“生病”了吗？）不过……

大海一样无边的悲伤——离开了海岸，便一望无际。写作已不再可能。

1978 年 11 月 22 日

225 昨天晚上，为我与色伊（Seuil）出版社合作 25 周年举行了鸡尾酒会。见到了许多朋友。很高兴吧？——是的，当然很高兴［但是，我想妈姆］。

任何“社交活动”都在加强这个世界的虚荣，而她已不在这个世界。

我不停地感到“万分悲痛”。

今天早晨，天色灰蒙蒙的，这种伤心非常强烈。我一想，它来自于拉歇尔的表情。昨天晚上，她坐在有点靠边的地方，对这次鸡尾酒会兴致有加。她与这些人、那些人交谈，颇有尊严，“符合身份”，女人们现在都已不再是这种样子，原因是她们都已不再想要什么身份——某种已经失去了的和少有的尊严。妈姆以前就有这种尊严（她要是出现在那里，对于每一个人都会表现出绝对的仁慈可爱，不过，“符合身份”）。

1978年12月4日

我对于我的悲伤写得越来越少，但在某种意义上，它 226
变得更为强烈，自从我不再写它，它已进入了永恒。

1978 年 12 月 15 日

227 悲伤之球从郁闷、恐慌（烦扰、工作任务、文学上的敌视）的底部升起：

1）在我身边，许多人都喜欢我，他们围绕着我，但没有人表现出强烈：所有的人（我们所有的人）都是疯子，都是神经官能症患者——不用去说那些关系疏远的人，例如 RH。只有妈姆是强烈的，因为她没有任何神经官能症，没有任何癫狂。

2）我在写作我的课程，最终写成了我的小说。我非常难过地想到了妈姆最后的一句话：我的罗兰！我的罗兰！我真想哭出来。

[我大概会很难过，因为我不曾根据她（照片，或别的什么）写过什么。]

1978 年 12 月 22 日

嚯，表达对于沉思、对于退休、对于“您不要管我” 228
的深切愿望——在我看来，这种愿望直接地、不可改变地来自于像是“永恒的”悲伤。这种沉思非常真切，以至于那些不可避免的小小的论争、那些表情游戏、那些伤痛、一切只要人们继续生存就会最终出现的东西，都只不过是深水表面上的一种污秽的、苦涩的泡沫……

1978 年 12 月 23 日

229 隐隐沮丧，感觉受到攻击、威胁、烦扰，情绪失落，时日艰难，重不堪负，“强制性劳作”等。我不能不将这些与妈妈的辞世联系起来。并不是因为——作为突然的变化——她不再能保护我，我的工作在她之外一直具体地得到了维持；而是更因为（但这是一回事吗?）我现在处于初入人世的境况——这种初入充满艰辛。这种开端困难重重。

1978 年 12 月 29 日

我继续处在疏忽、内心苦楚、偏于嫉妒等毫无减弱的 230
状态之中：我心中的一切都使我不能自爱。

自我贬低的时期（哀痛的经典机制）。

如何找回泰然自若呢？

231 我昨天收到了让人冲洗的妈姆的照片，照片里的她还是呆在谢纳维埃镇冬季花园中的小女孩。我试图将照片放在我的面前，就放在我的办公桌上。但是，这太过分了，我是难以承受的，这会使我非常痛苦。这张照片与我生活中所有毫无意义、毫无高贵可言的无效奋斗发生了冲突。照片确实是一种度量、一位法官（我现在理解了，一张照片如何可以变得神圣，引导→被人想到的并不是身份，而是在这种身份中有一种少见的表达，即一种“美德”）。

1978 年 12 月 31 日

悲伤是巨大的，但它在我身上的作用（因为悲伤并不 232
是自在的，它是一系列被转移的作用），是某种储备、某种锈蚀、某种压在我心上的泥浆：即一种心中的苦涩（暴躁、恼火、嫉妒、缺乏爱）。

→嚯，多么矛盾啊：由于妈姆的去世，我变成了她过去状态的反面。我想按照她的价值来生活，因而只能是走向反面。

1979年1月11日

233 ……再也不能把双唇贴上她凉爽的、皱折的面颊，我痛苦难忍……

［很平常——**故去**、**悲伤**，仅仅是：平常之事。］

总是这种痛苦的感觉：工作任务、人们、各种要求等 234
将我与妈姆分离。我盼着“3 月 10 日”，不是休假，而是重新找回有她在其中的一种随意性。

1979年1月17日

235 缺失的作用逐渐地明晰了起来：我没有兴趣构筑任何新的东西（除非是在写作之中）：无任何友情，无任何眷恋等。

1979年1月20日

妈姆的照片，她还是个小女孩的时候，站在远方—— 237
就放在我面前办公桌上。我只需看着她，把握她生活的某一方面（我正在努力将其写出来），就可以再次获得她的仁慈，沐浴在她的仁慈之中，被她的仁慈所覆盖和淹没。

1979年1月30日

238 不会忘记，

但是，某种无活力的东西在您身上确定了下来。

1979年2月18日

自从妈姆去世，不再有“构筑”任何东西的想法—— 236
除非是在写作上。为什么呢？文学＝**高贵**之唯一的区域（就像妈姆所说的情况）。

1979年2月22日

239 把我与妈姆（与使我和妈姆同一的哀痛）分开的东西，是时间（越来越明显的、逐步累积起的）厚度，在这种时间中，从她故去到现在，我得以在无她的情况下活着，住在原先的房子里、工作、出门等。

1979年3月7日

我为什么不能附和、赞同某些作品、某些人：例如 240
JMV。那是因为我与生俱来的（审美、伦理）价值是从妈姆那里得到的。她所喜欢的（她所不喜欢的）东西，构成了我的价值观。

1979年3月9日

241 妈妈与贫困；她的奋斗，她的沮丧，她的勇气。这是一种无英雄姿态的史诗。

1979年3月15日

一年半以来，只有我自己知道我走的路：这种无变化、 242
也无精彩可言的哀痛状态，常使我因工作任务而与之分离；实际上，我曾一直真心想通过一本书来停止这种分离——想法固执而隐秘。

1979 年 3 月 18 日

243 昨天夜里，噩梦。与妈姆在一起。意见不合，痛苦，哭泣：某种属于精神方面的东西把我与她分了开来（是她的决定吗?)。她的决定也关系到米歇尔。她是无法靠近的。

每一次我梦见她的时候（而且，只梦见她），都是为了 244
看到她、相信她还活着，但却是另一个她，与我分开的她。

1979 年 3 月 29 日[1]

245 我活着，毫无对于后世的忧虑，根本不想以后被人阅读（除了在经济上对于 M 有牵挂之外），我完全接受彻底的消失，毫无“立碑”之念——但是，我不能承受对于妈姆也是这样（也许因为她不曾写过东西，也许因为对于她的记忆完全取决于我）。

---

① 写作《明室》（*La Chambre claire*）就开始于这一天之后：在书的最后，他注明“1979 年 4 月 15 日—6 月 3 日”。

1979 年 5 月 1 日

我不曾像她那样，因为我没有与她一起（与她同时） 246
死去。

1979年6月18日

从希腊返回

247 自从妈姆去世之后，我在生活中无法构筑回忆。模糊，没有颤动的光晕伴随着“我想起……”

1979年7月22日

对于计划[1]的所有“挽救”都失败了。我处于无所事 248
事、无作品面对的状态——除了那些习惯性的重复任务之外。计划的任何形式都是无力的、不坚固的、能量系数很低的。“有什么用呢?”

——就好像，哀痛对于写作一部作品的可能性的郑重影响（这种影响至此因连续的诱惑而推迟了），现在突然明确地出现了。

这是对于哀痛的重要考验，是对其成熟的、核心的、决定性的考验。

---

① 这里说的大概是《新生活》（*Vita Nova*），见1977年11月30日注释①（即本书中文版74页）。

1979 年 8 月 13 日

249 在艰难的逗留之后，我离开了于尔特，乘火车到达了达克斯镇[①]（西南方的光亮[②]曾伴随着我的生活）。我泪流满面，因母亲的去世而感到绝望。

---

① 达克斯镇（Dax）：位于法国阿吉坦（Aquitaine）大区的朗德（Landes）省，是法国第一温泉疗养胜地。——译者注

② 关于这一点，可以阅读《西南方的光亮》（«La lumière du Sud-Ouest»），发表于 1977 年 9 月 10 日《人道报》，见《全集》（*Oeuvres Complètes*）第四卷，第 330～334 页。

1979 年 8 月 19 日

妈姆在给予我们一种内心化法则（一种高贵之形象） 250
的同时，是如何让我们（M 与我）获得了对于事物的欲望即爱好的：这是“彻底的、内心的、尖刻的和无休止的烦恼”的反面，这种烦恼曾使福楼拜[①]无法品味任何东西，并且充斥了他的灵魂，直至使灵魂死亡。

① 即居斯塔夫·福楼拜（Gustave Flaubert，1821—1880）：法国作家，代表作品为《包法利夫人》(*Madame Bovary*)。——译者注

1979 年 9 月 1 日

251 从于尔特返回，在飞机里。

痛苦、悲伤总是那么强烈……（“我的罗，我的罗”）。

在于尔特，我心情不悦、难过。

那么，我在巴黎就快乐了吗？不，这是人们很容易搞错的地方。一种事物的反面并不是其反面，等等。

我离开我感到不快乐的地方，而离开这个地方并不使我快乐。

我每一次在于尔特逗留，不能不象征式地在到达后和 252
离开前去看一看妈姆的墓。但是，来到她的墓前，我不知该做什么。祈祷？它意味着什么呢？祈祷什么内容呢？只不过是短暂地确立一种内心活动。于是，我又立即离开。

（此外，墓地里的坟冢——竟然还是农村式的，却都是那样的丑陋……）

253 悲伤，即在任何地方都不可能感到舒服。压抑、烦恼和随之而来的内疚，这一切都包含在帕斯卡[1]使用的“人的不幸”（misère de l’homme）这个词语之中了。

---

① 帕斯卡（Blaise Pascal，1623—1662）：法国哲学家与作家，主要作品为《思想录》（*Pensées*）。

1979 年 9 月 2 日

午睡。做梦：真真切切地是她的微笑。 254

做梦：完整的、成功的回想。

1979 年 9 月 15 日

255　有一些早晨，是那样的难过……

一些未注明日期的片段

[在妈姆去世之后。] 259

万分痛苦，今后，我难以兴奋起来……

自杀

如果我死了，我如何知道我不会再忍受痛苦了呢？

在我对于我的死亡的想象（就像大家都有的想象那样）之中，除了对过早地逝去感到焦虑之外，我还增加了对我可能为死亡制造的无法承受的痛苦的焦虑。

260　关于稀少——我们的词语化、我们的言语的无意蕴性：是的，但从来不是一种平庸、一种无聊，即一种蠢话……

“自然”

她并不出生于农村，但她是那样喜欢“自然”，也就是说，喜欢本性——无任何反-污染的举动，这不是她那一代人的情况。她在有点杂乱的花园里感觉良好，等等。

关于母亲的点滴记录

1979 年 3 月 11 日

FMB 不顾一切想把埃莱娜·德·旺代尔（Hélène de 263
Wendel）作为具有特殊娇美的（凡世）女子介绍给我，等等。我丝毫不心动，因为：

当然，我渴望获得人类身上的娇美，但我同时知道，妈姆对于这个世界或对于这类女子无任何兴趣。她的娇美（从社会观点来看）是绝对地无场域要求的；超越阶层；没有标志。

1977 年 4 月 15 日

264 早晨的女护士对妈妈说话时，就像是对于一个孩子，声音有点过大、专横、训斥、冒傻气。她不知道妈妈会判断她。

［这就是愚蠢。］

人们从来不谈论一位母亲的智慧，就好像这是在削弱对她的情感性，拉开与她的距离。但是，智慧，便是：使我们可以有尊严地和一个人一起生活的一切东西。

——妈姆与宗教

——从来不说

——属于（是以何种方式呢？）巴约纳群体

——对少数人仁慈？

——非暴力

1978 年 6 月 7 日

基督教：教会。是的，当其与国家、政权、殖民主义、富足人群等结合在一起的时候，她是非常反对的。

但是，那一天，她明显地属于这样的情况：实际上…… 265
还是她吗？难道她不是在意识形态、道德说教的竞技场中吗？因为这种竞技场是人们继续对非—暴力有所思考的唯一场所。

不过，对于我来说，我与信仰（当然是与忏悔罪过）严重脱离。但是，这很重要吗？是一种无暴力的信仰（无斗争性、无传播信仰的热情）吗？

（教会）基督徒：从战胜者过渡到可怜之人（是这样的，但是美国呢？卡特等）。

奥尔多·莫罗[①]事件：胜于烈士，但不是英雄：是一位可怜之人。

谨慎的形式：

自己做所有的事情，不让其他人来做。

经验性自给自足。

情感联系。

① 奥尔多·莫罗（Aldo Moro，1921—1978）事件：意大利基督教民主党领袖，他于 1978 年 3 月 16 日被极端组织“红色之旅”绑架，55 天后其尸体被发现。——译者注

被爱之人如何成为一种调解人，如何将重大的选择建立在情感基础之上。 266

为何法西斯主义使我感到恐惧。

调停人。

我从来不明白斗争精神即观念等建立在何处。

观念的力量（因为在持怀疑态度的我看来，没有真理阶段）。

我与暴力的关系。

为什么我从来不涉入对于暴力的合理性（甚至也许还有真理性）的论证：因为我不能（过去也不能：但是她已经不在了，这是同一回事）承受（难以承受）我可能是其对象的一种暴力似乎已经给她带来的、还会带来的损害。

267 谈谈妈妈：阿根廷、阿根廷法西斯主义、监狱、政治迫害等，都是怎么回事啊？

她似乎被此所刺痛。而我不无恐惧地想象她出现在那些因失去亲人而在这里、那里游行的妻子和母亲中的情景。如果她失去了我，那该是多么痛苦啊。

绝对的
完整的出现
重量全无
有密度，没有重量

开始：

“在我与她一起生活的整个时间里，即在我的一生中，我的母亲从来没有指责过我。”

妈姆从来没有指责过我——就在这一点上讲，我不能 268
忍受。

（看 FW 的来信）

妈姆：（整个一生中）没有攻击、没有吝啬的空间——她从来没有指责我（我对于这个词、这种事情充满了恐惧）。

1978 年 6 月 16 日

一位我勉强算是认识和应该去看望一下的女人打来电话（她在打扰我，纠缠我），我没有去接。她就是想对我说：在哪一处公交车车站下车，过马路时注意安全，不要在外面吃晚饭，等等。

269 我的母亲从来不对我说这些话。她从来不像对一个没有责任心的孩子那样对我说话。

昂岱镇[①]

她当时不大愉快，

那是由来已久的。

① 昂岱镇（Hendaye）：位于巴约纳市附近海滨的一个镇，对面是西班牙国土。——译者注

罗兰·巴尔特著述一览表

色伊（Seuil）出版社

《写作的零度》，*Le Degré zéro de l'écriture*，1953，新的版本后面附有《新批评文集》，*Nouveaux essais critiques*，«Points Essais»丛书，n°35，1972。

《米什莱》，*Michelet par lui-même*，«Ecrivains de toujours»丛书，1954，1995年再版。

《神话学》，*Mythologies*，1957；«Points Essais»丛书，n°10，1970

《论拉辛》，*Sur Racine*，1963；«Points Essais»丛书，n°97，1979

《文艺批评文集》，*Essais critiques*，1964；«Points Essais»丛书，n°127，1981

《批评与真理》，*Critique et Vérité*，1966；«Points Essais»丛书，n°396，1999

《服饰系统》，*Système de la Mode*，1967；«Points Essais»丛书，n°147，1983

《S/Z》，S/Z，Paris，Seuil，1970；«Points Essais»丛书，n°70，1976

《萨德·傅立叶·罗耀拉》，*Sade*，*fourier*，*Loyola*，1971；«Points Essais»丛书，n°116，1980

《文本的快乐》，*Le Plaisir du Texte*，1973；«Points Essais»丛书，n°135，1982

《罗兰·巴尔特自述》，Roland Barthes par Roland Barthes，«Ecrivainde toujours»丛书，1975，1995

《恋人絮语》，*Fragments d'un discours amoureux*，1977

《就职演说》，*Leçon*，1978；«Points Essais»丛书，n°205，1989

《作家索莱尔斯》，*Sollers Ecrivain*，1979

《明室》，*La Chambre claire*，Coédition Gallimard/Les Cahiers du cinéma，1980

《嗓音的尖细声》，*Le Grain de la voix*，entretiens 1962—1980，1981；«Points Essais»丛书，n°395，1999

《显义与晦义》，*L'Obvie et l'Obtus*，Essais critiques III，1982；«Points Essais»丛书，n°239，1992

《语言的轻声细语》，*Le Bruissement de la langue*，Essais critiques IV，1984；«Points Essais»丛书，n°258，1993

《符号学历险》，*L'Aventure sémiologique*，1985；«Points Essais»丛书，n°219，1991

《偶遇琐记》，Incidents，1987

《全集》，*Oeuvres complètes*，2002

卷一：1942—1961

卷二：1962—1967

卷三：1968—1971

卷四：1972—1976

卷五：1977—1980

新的版本由埃利克·马蒂（Eric Marty）重新审阅、勘误和作序

《如何共同生活》，*Comment vivre ensemble*，某些日常空间的故事性模拟，法兰西学院授课和讲习班讲稿，1976—1977［文本由克洛德·科斯特（Claude Coste）整理、注释、作序，埃利克·马蒂主编］

"Traces écrites"丛书

《中性》，*Le Neutre*，在法兰西学院的授课与讲习班，1977—1978［文本的整理、注释和作序：托马·克莱罗（Thomas Clero），埃利克·马蒂主编］

“Traces écrites”丛书，2002

《论戏剧》，*Ecrits sur le théâtre*，（文本由让-路易·里维埃汇编和作序），«Points Essais»丛书，n°492，2002

《小说的准备》卷一、卷二，*La Préparation du roman I et II*，在法兰西学院的授课与讲习班（1978—1979，1979—1980）［文本的整理、注释和作序：纳塔莉·莱热（Nathalie Léger），埃利克·马蒂主编］

“Traces écrites”丛书，2002

《恋人话语》，*Discours amoureux*，在高等实践研究院的讲习班（1974—1976）［由克洛德·科斯特（Claude Coste）作序与编辑，埃利克·马蒂主编］

“Traces écrites”丛书，2007

其他出版社

《符号帝国》，*L'Empire des signes*，Skira 出版社，1970；«Points Essais»丛书，n°536，2005

《埃尔泰》，*Erté*，Franco Maria Ricci 出版社，1975

《阿尔契姆保罗多》，*Archimboldo*，Franco Maria Ricci

出版社，1975

《论文学》，*Sur la littérature*，［与莫里斯·纳多（Maurice Nadeau）合作］，PUG出版社，1980

《埃菲尔铁塔》，*La Tour Eiffel*，［与安德烈·马丁（André Martin）合作］，Delpire出版社，1964；CNP/Seuil出版社，1989，1999

译后记

1977年10月25日，罗兰·巴尔特的母亲在经历了半年疾病折磨之后辞世了。母亲的故去，使罗兰·巴尔特陷入了极度悲痛之中。他从母亲逝去的翌日就开始写他的"哀痛日记"，历时近两年之久，记录下他的哀痛经历、伴随着哀痛而对母亲的思念和他对于哀痛的思考与认识。由于作者本人是符号学家，他在日记中也多处谈到了自己对于"哀痛"这种内心情感表现的符号学看法，他说："内心化的哀痛，不大有符号"；不过他又说：这种哀痛"也是可以描写的"，因为"它借助于突然出现在我大脑中的（眷爱）词语袭上身来"。这就说明，"哀痛"也是一种言语活动，而言语活动正是符号学的研究对象。

不过，"上个世纪五六十年代，在言语活动领域里谈论情感、感觉、激情和心灵状态，不仅是一种错误，而且是一种审美缺陷，甚至是一种严重的科学愚蠢行为”[1]。我们都还记得，罗兰·巴尔特正是在60年代宣布了“作者的死亡”：“一个事件一经讲述……作者就步入他自己的死亡，写作就开始了”[2]。用现代符号学的观点来看，他当时说的“作者”，应该是“叙述者”或“发送者”。但是，没过多长时间，随着语言学与符号学研究领域的扩大和可操作工具性概念的增多，这种禁忌就被打破了，甚至首先被罗兰·巴尔特在自己的《恋人絮语》中采用的带有“结构”特征的分析方法打破了。今天，形式分析即符号学分析从不同方面进入了主体（包括叙述者）的情感领域，从而形成了符号学研究在语用维度和认知维度之外的另一新的维度：情感维度或激情维度。下面，笔者拟简要地介绍一下人们在探讨主体情感性时广泛采用的激情符号学方法，并尝试对罗兰·巴尔特因母亲去世而导致的“哀痛”做些浅薄分析。

---

① 《符号学问题总论》，*Questions de sémiotique*，sous la dir. d'Anne Hénault，Paris，PUF，2002，P. 601，见封塔尼耶（Jacques Fontanille）的文章《激情符号学》，«Sémiotique des passions»。

② 罗兰·巴尔特：《全集》（*Oeuvres complètes*），vol. 2，Pairs，Seuil 1995，P. 491。

一、模态理论的建立

激情符号学研究之基础，是格雷玛斯（A. J. Greimas，1917—1992）提出的相关理论。

格雷玛斯从着手对于“激情”进行研究，就承袭了他在动作符号学即叙述句法方面的研究方法。所谓叙述句法，是指借助于对所希求之价值对象的获得、剥夺和分享而进行事物状态转换的一种基本句法。而叙述句法的发展依据，则是模态理论的建立与应用。格雷玛斯 1976 年发表的《建立一种模态理论》一文，对于模态理论的建立具有阶段性的意义，模态理论已经成为他符号学的重要组成部分。在文章中，他把“模态”定义为“主语对于谓语的改变”，而这种定义“可以使我们一下子就辨认出两个谓语的主从结构：做（或‘进行’）vs 是（或‘存在’）”[①]。他由此出发，确定了两种基本陈述，即“作为陈述”和“状态陈述”；“作为陈述”的逻辑功能就是“转换”（transformation），“状态陈述”的逻辑功能就是“附连关系”（jonction），它

① 《论意义》之二，*Du sens II*，«Pour une théorie des modalités»，Paris，Seuil，P. 67。

包括“合取”与“析取”关系。他在这篇文章中首次提出了建立在对于叙述话语的分析和几种欧洲语言的描述基础上的四种“临时”的“作为模态”：/想要/、/应该/、/能够/和/懂得/（也可翻译成“会”）（作者后来又在《懂得与相信》一文中把“懂得”与“相信”做了比较[①]，后来有人也把“相信”确定为一种模态）。其实，这几种“模态”，就是法语中从前称之的“半-助动词”，它们今天被称为“模态助动词”[②]。1989 年 5 月 23 日格雷玛斯在与里科（Paul Ricoeur）就建立激情符号学进行的辩论中这样说过：“我说，想必有某种前提，我最早将其称之为‘情绪体’，随后，这种情绪体分解为与之相连接的多种模态。”[③] 这四种“临时”模态都可以与“做”和“是”进行组合，并借助于“符号学矩阵”连接成多种模态存在方式，其中“应该—做”和“想要—做”是“潜在中的模态”，“能够—做”

① 《论意义》之二，*Du sens II*，«Le savoir et le croire?：un seul univers cognitif»，PP. 115-133。

② 马丁·里格尔、让-克里斯托夫·佩拉、勒内·里乌（Martin Riegel, Jean-Christophe Pellat，René Rioul）著《法语系统语法》，*Grammaire méthodique du français*，Paris，PUF，1994，2009，P. 453。

③ 埃诺（Anne Hénault）著《能够就像是激情》（*Le pouvoir comme passion*，Paris，Seuil，1994）后面所附《格雷玛斯与里科 1989 年 5 月 23 日辩论整理》一文，«Transcription du débat du 23 mai 1989 entre A. J. Greimas et P. Ricoeur»，P. 203。

和“懂得—做”是“现时中的模态”，“使—做”和“使—是（存在）”是“实现中的模态”；并且，前两种模态属于“语言能力”，后四种属于“语言运用”。该文尤其对于“应该”、“想要”与“做”的结合做出了分析，指出，各种“应该”构成“道义符号学”，而各种“想要”构成“意愿符号学”，并且，它们“可以帮助阐述文化类型学的某些方面，更准确地讲，可以帮助描述相对于社会的个人的‘态度’”①。模态与主体便由此建立了关系。

格雷玛斯于1979年发表的《论存在的模态化》一文，使得建立激情符号学的研究工作向前迈出了一大步。该文开篇就告诉我们：“一种语义范畴借助于在符号学矩阵上投射情绪范畴可以具有价值，而情绪范畴的两个相反项便是/惬意/vs/不悦/。这可以说是一种本体感受范畴，人们就借助于这种范畴来非常概括地寻找生活在一种场合或属于一种场所的任何人赖以‘自我感觉’或对其环境做出反应的方式。”② 而情绪范畴通常被看作语言学上/有生命（活）/vs/无生命/（死）范畴中的/有生命/项。作者随后又对“情绪空间”与“模态空间”做了分析，指出，“情绪空间，

---

① 《论意义》之二，*Du sens II*，«De la modalisation de l'être»，P. 93。

② 同上书，P. 95。

在抽象结构层次上，被认为再现活着的人的各种基本表现与其环境的关系……而模态空间在覆盖同一场所的同时，表现为情绪空间的一种载体和一种多方连接方式”[①]。因此，在价值的转换之中，除了需要在符号学矩阵上选择适当对象即价值的义素术语之外，还要选择情绪术语，也就是要“投身于连接主体与对象的关系之中”，即“附连关系”之中。于是，主体与对象的关系便具有一种“多余的意义”，即“情感性”意义，而主体的存在则被一种特殊方式所模态化。作者随即为我们开列了“存在”的多种“模态结构”：想要—存在（“希望的”）、应该—存在（“必须的”）、能够—存在（“可能的”）、懂得—存在（“真实的”）以及它们各自的“相反项”和“矛盾项”，并且明确：“所谓潜在中的‘想要’和‘应该—存在’更为‘主观’、更为接近主体，而与之同时的所谓现时中的模态‘能够’和‘懂得—存在’则更为‘客观’。”[②] 不难想象，这些模态与“对象”的合取或析取，将会产生丰富的情感表现。格雷玛斯在 1981 年发表的《论愤怒》一文就把“愤怒”这一情绪表现从模态方面做了出色的分析，指出，“愤怒”是人从

① 《论意义》之二，*Du sens II*，«De la modalisation de l'être»，P. 95。

② 同上书，P. 100。

“期待”（想要合取或想要被合取）、到“不高兴”（一直处于非—合取即析取的状态）、再到“报复”（对于受到“侵犯”的反应）的过程，从而让人们看到了激情的模态分析之前景。

二、激情符号学的建立

有关激情维度的符号学，概括说来，就是不把激情视为影响主体实际存在的心理因素，而是将其看作进入言语活动，并在其中结合一定的历史和文化内涵及审美标准强化或降低这样那样的激情价值，从而得以表现和被规范的意义效果。

在后来的10年中，格雷玛斯及其学生围绕着“激情”做了大量研究工作。格雷玛斯与封塔尼耶1991年出版的《激情符号学》一书，是这种研究的里程碑性的成果（这本书是封塔尼耶在其老师格雷玛斯拟定的提纲基础上完成的）。该书依据格雷玛斯的符号学原理全面地论述了激情的认识论基础，指出：“激情并不是主体所专有的特性，而是整个话语的特性……激情借助于一种‘符号学风格’的作用发端于话语的结构，而这种符号学风格可以投射到主体上，或者投射到对象上，或者投射到他们的附连关系上。”[1]在此，我们对其主要内容做如下概括：

1. 明确了激情主体：“在整个理论组织中，激情关系到主体的‘存在’……被激情所情感化的主体，最后总是根据‘存在’而被模态化为主体，也就是说被看作是‘状态主体’，即便他也担负着一种作为”[2]，但是，这并不排除“在分析时，激情被揭示为像是一种作为链接：操纵、诱惑、折磨、调查、展现”[3]。

2. 确定了主体的存在模态：叙述行为者的存在模态建立在“附连关系”基础上，它们是“潜在中的主体”（非合取）、“现时中的主体”（析取）和“实现中的主体”（合取）[4]，这是根据话语表现从深层到表层的过程来确定的，于是，话语主体就是“实现中的主体”，叙述主体就是“现时中的主体”，操作主体就是“潜在中的主体”，而“想要与应该确定‘潜在中的主体’，懂得与能够确定‘现时中的主体’”[5]。

3. 确立了激情的“模态机制—模态安排—道德说教”的展示模式：所谓“模态机制”，就是进入“话语领域”之

---

①②③④⑤格雷玛斯、雅克·封塔尼耶：《激情符号学》，*Sémiotique des passions*，Paris，Seuil 1991，P. 21，53，54，56，57。

前的各种条件，包括主体的“情绪张力度”、“符号学叙事的范畴化准备”等；所谓“模态安排”，指的是起用一定模态后的各种“体态表现”；而所谓“道德说教”，指的是面对集体或集体对于激情“从伦理到审美的判断”，它是模态动词“懂得—存在”的体现；因此，这一展示模式也可以概括为“构成—安排—关注”这种话语句法（“关注”包含“道德说教”）[①]。

4. 为法语文化中的一般激情表现总结出了术语表，它们是“情感”、“激动”、“心情”、“敏感”、“爱好”、“脾气”、“性格”，这些激情表现会随着所使用的模态和情感活动而出现程度上的变化，从而引起上述各个名称下的次生激情，并且在不同的历史时期社会的和个人的表现也不同。

5. 为一些激情表现做出了模态解释：“愿望”是围绕着一种价值对象而动的“想要—存在”；“冲动”是“想要—做”与“能够—做”的某种结合；“固执”表示的是“想要—存在”与“不能—存在”和“懂得—不—存在”相互间的关系；“希望”建立在“应该—存在”与“相信—存在”的基础之上，是一种“持续的情感”；“失望”的模态

---

① 格雷玛斯、雅克·封塔尼耶：《激情符号学》，*Sémiotique des passions*，Paris，Seuil 1991，P. 162。

表现是“应该—存在”、“想要—存在”与“不能—存在”和“不懂得—存在”相结合的产物；“吝啬”是“能够—存在”、“懂得—存在”和“不能—不存在”的相互关系；“嫉妒”是出现在两个主体间的“竞争”与“爱慕”的复杂结合状态：主体S1的“应该—存在”和“相信—存在”与主体S2的“应该—不存在”是一种“排他的爱慕”，主体S1的“能够—不存在”和“不相信—存在”与主体S2的“能够—存在”之间是一种模糊的不信任，主体S1的“不能—不存在”和“相信—不存在”与主体S2的“相信—存在”之间是一种嫉妒的危机，主体S1的“想要—存在”和“想要—做”与主体S2的“想要—不存在”之间是一种反应性爱情/仇恨[①]。这些模态解释，无不增强了人们对于激情的符号学分析的信任度。

可以说，这是一部开创性、奠基性的著作，它使人们看到了激情符号学具有的广阔前景。至此，我们似乎可以做如下的总结：激情话语是建立在“作为模态”和“存在模态”相结合和相互作用基础上的，但不论是哪一种模态，它们都脱离不开“价值对象”；因此，主体与价值对象之间

---

① 格雷玛斯、雅克·封塔尼耶：《激情符号学》，*Sémiotique des passions*，Paris，Seuil 1991，P. 255。

的“附连关系”，便构成了“激情空间”；激情的发展显示出一种“变化”，而这种变化即为“张力度”的各种表现。

后来，封塔尼耶继续在这一领域进行着专注的研究工作。他在1998年又与齐贝尔伯格合作出版了《张力与意指》一书，对于在《激情符号学》一书中已经提出的“张力”概念所涉及的方方面面做了从组合关系和聚合关系两种结构方式上的确定，而尤其对“张力度”（tensivité）概念做了进一步探讨。他们认为，张力度可以根据两种范畴来连接，那便是属于组合关系的“强度”的范畴（力量，能量，感觉等）和属于聚合关系的“广度”的范畴（数量，展开，空间与时间，认知等）；“激情”概念也依据这两种结构方式得到了进一步的确定：“一种激情首先是一种话语外形，它同时具有句法特征（话语的一个组合体）和它所汇集的多种构成成分（模态、体态、时间性等）。”① 封塔尼耶在1999年出版的《符号学与文学》一书，对于文学作品中的激情表现给予了更为明确的阐述。首先，他明确了模态组织产生的条件：他以“她想跳舞，但她不会跳”这一陈述（句子）来说明：“产生情感效果的一种模态组织，应

① 封塔尼耶、齐贝尔伯格（C. Zilberberg）：《张力与意指》，*Tension et signification*，Bruxelle，Mardaga，P. 224。

该至少包含被看作是具有方向性梯度的相互结合的两种模态过程”[①]：一种是“激情”模态，一种是“动作”模态，它们之间的关系是“激情既不对立于动作，也不与之不可共存：激情是动作的起因或延长”[②]。其次，他依据叶姆斯列夫将音节分解成构成成分（音位）和表露成分（重音和音长）两个方面的做法，也把对话语中激情的探讨划分为构成成分和表露成分：“构成成分是叙述性谓语的各种模态，表露成分是具有张力性质的话语出现的各种变化（前景、身体表达和形象表达），而更为一般地讲，表露成分是张力度和广度的各种表达。因此，每一种情感效果都应该在两个平面上得到分析：一种是模态分析，它可以具体说明激情主体的能力，即它的情感安排；另一种是张力分析，它主要涉及到情感表达的强度价值和广度价值。”[③] 最后，他完善了激情展示的模式，将《激情符号学》一书中确定的模式扩展为“情感萌发—位置—激情中轴—激动—道德说教”[④]。“情感萌发”指的是主体为感受某种东西而“进入状态”（情感表露阶段），“位置”指的是主体为感受某种激情所接受的模态（构成成分得以建立），“激情中轴”是主

①②③④封塔尼耶：《符号学与文学》，*Sémiotique et littérature*，Paris，PUF，1999，PP. 67，69，75，79。

体对于其所感受到的激情有所认识的阶段（接受一种模态以便感受特定的激情）；“激动”指的是由身体所做出的各种反映和表现（“蹦跳、激奋、轻微颤抖、剧烈颤抖、抽动、惊跳、慌乱等……这还是张力表露成分，而尤其是通过处于激动中的身体编码所表现出的强度”）[①]；“道德说教”指的是重新返回到集体性，是控制和限制激情的“蔓延”，并且也可以是对于前几个阶段的评价和度量。时隔三年，他又为埃诺主编的《符号学问题总论》一书写了《激情符号学》一文，该文除了是对于激情符号学研究的历史及现状的总结和梳理之外，又更为明确地指出“构成成分是模态过程的散在单位，表露成分是强度和数量在一个不能再切分的相关平面上的连续变化”[②]，同时总结出激情表露的六种编码，从而使激情的符号学分析更具操作性，也更接近现象学的维度：身体（和趋向）编码（因为强度与数量的变化会引起身体动作的变化）、情绪编码（强度与数量所引起的惬意与不悦以及在它们相互交替方面的变化）、模态

---

① 封塔尼耶：《符号学与文学》，*Sémiotique et littérature*，Paris，PUF，1999，P. 80。

② 《符号学问题总论》，*Questions de sémiotique*，sous la dir. d'Anne Hénault，Paris，PUF，2002，P. 510。

编码（强度与数量的变化所引起的模态语义的转换）、视角编码（“情感的突发或数量可以使一位行为者成为一个过程的视点中心……这种位置是通过‘编码’表现出来的：语态、主题的进展、几何的或环境的视角等”[①]）、节奏编码（“强度张力与数量张力借助于一种真正的体态形式与一种速度之间的结合而产生新的作用”[②]）和形象编码（“张力变化投射到形象场面、它们的行为者和它们的时空形式上，会引起……以某种方式描述过的一些意义效果”[③]）。我们看到，借助于这些编码，激情的意义效果变得越来越可以被观察和被描述。

三、罗兰·巴尔特的“哀痛”浅析

以上，是对于格雷玛斯和封塔尼耶所创立的激情符号学从总体上做的宏观介绍。那么，这些内容在我们要分析的罗兰·巴尔特的“哀痛”方面是一种什么情况呢？每一个人的“哀痛”与其他人都可能在某些方面是相同的，而

---

① 《符号学问题总论》，*Questions de sémiotique*，sous la dir. d'Anne Hénault，Paris，PUF，2002，P. 624。

②③ 同上书，P. 625。

在另一些方面却是不同的，这是因为人们所具有的历史知识、文化背景和审美价值并非都是一样。我们知道，罗兰·巴尔特在他刚一岁多的时候就失去了父亲，后来一直与母亲相依为命，共同生活了60多年。母亲的美德影响了他，母亲的支持使他得以安心写作，母亲成了他的“价值对象”。母亲的去世，使他失去了充满殷殷母爱的家庭温馨和与之交心及相互安慰带来的快乐，从而使他此后一直与母亲处于一种“析取”的状态，无穷的哀痛便由此产生。

首先，我们从“构成成分的模态过程”方面来看。可以说，这部《哀痛日记》适用于通过多种模态过程来分析。罗兰·巴尔特无时不在想念他的母亲（他在日记中亲昵地将其称为“妈姆”），非常希望像从前那样时刻与母亲在一起：“早晨，不停地想念妈姆。难以忍受的悲痛。因不可补救而难以忍受”，显然，这是一种“想要（与母亲一起）存在”的情况。我们还注意到，日记中“应该（与母亲在一起）存在”的情况也非常之多，当他过去与母亲呆在一起的特定时间、特定地点和特定环境重又出现的时候，他非常难过，因为母亲已经不在了：“早晨，还在下雪……多么让人悲痛啊！我想到我过去生病的那些早晨，我不去讲课，我幸福地与她呆在一起。”罗兰·巴尔特也“懂得”如何虚构与母亲在一起的时刻：他通过与第三人称建立“沟通”的方式“继续与妈姆‘说话’（因为言语被分享就等于是出现）……尝试着继续按照她的价值来度过每一天”，“分享平静的每一天的价值……就是我与她会话的（平静的）方式”，其实，这种“懂得”很靠近一种“相信”，因为只有在这种时刻，他才认为与母亲实现了虚幻的“合取”，他的哀痛也才得到某种程度的平复。从存在模态来讲，他的“想要”和“应该”都是“潜在中的”，而他的“懂得”与“相信”是“现时中的”（而不是“实现中的”）。根据封塔尼耶的理论，一种模态组织至少应该包含两种模态过程。其实，不论是“想要—存在”，还是“应该—存在”和“懂得—存在”，它们都对应有第二个共同的模态过程，那就是“但不可能在一起”或“不可能真正在一起”，也就是不可能实现“合取”。可见，罗兰·巴尔特的“哀痛”，是综合了“想要—存在”、“应该—存在”、“懂得—存在”与“不可能—存在”这几种模态过程所共同产生的意义效果。

我们再从“表露构成成分”即强度与数量方面来看一看。“哀痛日记”始终是作者的隐私日记，他所记录下的在旁人面前的哀痛表现不多。我们下面分别依据表露成分的六种编码来具体看一看罗兰·巴尔特的哀痛状况。

1. 在身体（和趋向）编码方面，罗兰·巴尔特告诉我们“我的哀痛难以描述，它来自我不能使它变得歇斯底里这一点上”，又说“也许，在表现得更为歇斯底里……的情况下，我可能就不那么悲痛了”，但他同时承认他的哀痛“只是别人刚刚看出”——这自然是一种身体上的表露，而他最突出的身体编码就是激动和默默地“哭泣”：“女售货员的这句话，一时使我热泪盈眶。我（回到隔音的屋里）痛哭了好长时间”，“我激动不已，快哭了出来”，“每当涉及她、涉及她的为人……我都会哭起来”，“一想起妈姆的一句话，我就开始哭泣起来”等；

2. 在情绪编码方面，罗兰·巴尔特的哀痛始终没有向“惬意”方面转化，而总是在“不悦”范围内活动：“我的哀痛难以描述……它是连续的不安”，他的哀痛“趋向于沉默、趋向于内在性”，“哀痛：不消耗、不听命于时间”；

3. 在模态编码方面，实际上，上面所说的罗兰·巴尔特的“懂得—存在”的实例就是在他“想要—存在”和“应该存在”而不可能实现的情况下的一种模态语义的转换；

4. 在视角编码方面：罗兰·巴尔特的哀痛中不乏视点的变化：移情于物、迁怨于人的情况非常之多：“从早晨，我就开始看着她的照片”、“今天早晨，非常难过，重新拿起妈姆的照片，我被其中的一张感动了。在那张照片上，她还是个小女孩，温顺可爱”、“通过那些照片的故事，我感觉真正的哀痛开始了”，再有“一阵痛哭（是因为黄油和黄油碟而与拉歇尔和米歇尔闹别扭引起的）：1）为必须与另一个‘家庭’生活在一起而感到痛苦……2）任何（共同生活的）夫妻都会形成一个圈子，单独的人就会被排斥在外”，“今天早晨……这种伤心非常强烈。我一想，它来自于拉歇尔的表情”等；

5. 在节奏编码方面，罗兰·巴尔特在日记中不下十次提到他“哭”、“哭泣”、“痛哭”，无数次地提到他想念妈姆，这样的频率说明了他的哀痛之深；

6. 在形象编码方面，《哀痛日记》中有多处“互文照应”与“托梦见情”的情况，都是这种编码的表现。我们仅各举一例来说明：“昨天晚上，看了一部荒谬和粗俗的电影——《一二二》。故事发生在我经历过的斯塔维斯基事件时期。……突然，背景中一个细节使我情绪激动：仅仅是一只带褶皱灯罩的灯，它的细绳正在下垂。妈姆过去常做灯罩——因为她做过制作灯罩的蜡防花布。她全身突然出现在了我的面前”，“每一次我梦见她的时候（而且，只梦见她），都是为了看到她、相信她还活着，但却是另一个她，与我分开的她”。这两个场面，前者是借与自己的经历相同的其他场面来说明哀痛之所在和哀痛的程度，后者是靠一种隐喻把自己的欲望完成于梦中，它是罗兰·巴尔特对于母亲深切思念之浓缩所致。

至此，我们要单独说一说道德说教这方面的内容。一般来说，一个人调动了他的激情，比如发了脾气，大动肝火，最后，对于自己，或对于家人或集体，大多都要说上一句：“对不起，我不该如此”；或者是其他人或集体对于发脾气的人进行规劝或发表看法：“你不该发这么大的脾气，这样做，对身体也不好”，等等，这些都是“道德说教”。由于罗兰·巴尔特的哀痛日记是写给自己看的，他的哀痛在众人面前只是“刚刚被看出”，所以，文中没有出现他面对众人承认自己做得不当的情况；倒是他的朋友们对于他的哀痛表示出了同情：比如他的一个朋友对他说：“我来照顾你，我会让你慢慢平静下来”，这里包含着他人对于罗兰·巴尔特哀痛程度的评价和劝慰。不过，我们在这部日记中却看到大量的罗兰·巴尔特对于他的“哀痛”的分析和认识，这自然也属于“道德说教”范畴。我们似乎可以从两个方面对其总结一下：一是“哀痛”的发生点：“哀痛就出现于爱的联系即‘我们以往相互眷爱的情感’被重新撕开的地方。最强烈之点出现在最抽象之点上……”，“纯粹的哀痛，不能归因于生活的变化、孤独等。它是眷爱关系的一道长痕、一种裂口”，“我被缺位之抽象的本质所震动。不过，它是强烈的、令人心痛的。我由此更好地理解了抽象：它就是缺位，就是痛苦，就是缺位之痛苦——因此也许就是眷爱吧？”母亲的去世，使他们母子之间的眷爱之情出现了重大的断裂和缺位，即被抽象化了，这是失去而不可再得的珍贵价值，而这种失去所带来的结果则是“疏忽，即内心的冷漠：易激怒，无能力去爱。忧郁，因为我不知道如何在我的生活中恢复宽容，或恢复爱”，“哀痛。在所爱的人去世时，这是自恋的剧烈阶段”；二是从符号学上对于“哀痛”的认识：除了我们在文章开始时引用的“内心化的哀痛，不大有符号”之外，他还提到“哀痛，即遗弃之彻底的（惊慌的）换喻”。罗兰·巴尔特失去了母亲，他感觉到是被“遗弃”了，这是很好理解的，因为再也没有人像母亲那样爱护他、关心他。但为什么把这种“哀痛”（或“遗弃”）与“换喻”联系在一起呢？在符号学上，“按照在话语语义学中的解释，换喻是一种替换程序的结果，借助于这种程序，我们可以用另一个从属的（或前位的）义素来代替一个已知义素，因为这两个义素都属于同一个义位”[①]。其实，把一种“哀痛”心情，写成了一本书，靠的就是“换喻”这种替换程序，“不是取消哀痛（悲伤）……而是改变、转换哀痛，使其从一种静态（停滞、堵塞、同一性的重复出现）过渡到动态”。我们至此引用过的场面，无不是换喻的结果。这样一来，“哀痛”就不会总是以同一个样子、同一种情况出现，从而提高了“哀痛”的强度。

四、科凯的“激情主体”研究与埃诺的“感受”研究

下面，我们分别概述一下科凯和埃诺的研究工作。他们都是巴黎符号学学派中有影响的学者，也都对激情符号学的发展做出了自己的贡献：科凯根据与判断主体相对立的激情主体来建立对于激情维度的研究，埃诺通过“感受”无情感词语表现的文本来发现激情。我们将他们的方法与罗兰·巴尔特的“哀痛”分别做些联系，以便把握对它们的理解与操作。

---

① 格雷玛斯、库尔泰斯：《符号学，言语活动理论的系统思考词典》，P. 229。

科凯多年来一直从事文学话语“主体”方面的研究工作，而且尤其看重正在进行中的话语，因为这种话语承担着主体在世界上的“出现”方式，并以此奠定主体的身份。我们现在以他较后出版的《寻找意义》一书的观点来介绍一下他的研究成果。他认为，意指世界与既是言语主体又是感知主体（他们可以说是连在一起的）的一位主体相关，而这种世界是由一种行为者机制支配的，“该机制由三种‘行为者’承担：第一种行为者（非—主体和/或主体），第二种行为者（对象世界），第三种行为者（是内在的或超验的）”[①] ——而第三个行为者就相当于叙述者（发送者）。在这三种行为者中，科凯认为，第一种行为者是主导性的，因为正是它在体现着话语主体的“出现”方式，所以，它也是激情主体。关于这个行为者即激情主体，“话语符号学建议区分与非-主体的活动相连接的‘为主项宾词增加属性的活动’与主体所特有的‘断言活动’……”[②]，并且，激情主要体现在“非-主体”方面，因为是它承载着外来的“闯入”，而“主体”则“控制着意义”[③]。那么，“非-主体”

①②③科凯（J.-C. Coquet）：《寻找意义》，*La quête du sens*，Paris，PUF，1997，PP. 7，8，9。

具体地表现为什么东西呢？“身体即非-主体在最好地形象化地展示自主性、因此也是自由性的堡垒”[①]，他说：话语活动“是两个方面的：在身体方面，是主体在为主项宾词增加属性，并在为主项宾词增加属性的同时，揭示它的真实情况；随后，在人称方面，由主体恢复自制能力（即准确地表达理性思维）”[②]。关于“非-主体”的确定标准，有的学者做了这样的归纳：“有三种标准在确定非-主体：没有判断、没有历史、他作为执行者的过程之数目不多。”[③]不过，非-主体与主体之间的关系是辩证的：“非-主体只有在主体给它让出位置的情况下才得以表现，反之亦然”[④]，“主体在明确激情结构的同时，确保着对于非-主体的控制”[⑤]。为了说明科凯的论述，我们这里转引他在书中分析的普鲁斯特《追忆似水年华》中的一段文字，其背景是，斯万在意外地听到万特伊再一次表示其对于奥黛特的爱情的奏鸣曲短句时，相反感受到了一种“巨大的恐惧”，他竟

---

①②科凯（J.-C. Coquet）：《寻找意义》，*La quête du sens*，Paris，PUF，1997，PP. 12，13。

③ 贝特朗（D. Bertrand）：《文学符号学概论》，*Précis de sémiotique littéraire*，Nathan HER，2000，P. 229。

④⑤科凯（J.-C. Coquet）：《寻找意义》，*La quête du sens*，Paris，PUF，1997，PP. 14，16。

然撞到了“这个神秘世界”一直关着的门上，因为在这个世界里，他早先经历过这种快乐：

> 斯万面对着重新体验到的快乐一动不动，他瞬间看到一位叫他怜悯的不幸之人，因为他没有立刻认出这个人来，因此，他不得不低下头，好不让人看到他两眼充满泪花。这个人正是他本人。当他明白了之后，怜悯也就停止了。①

科凯分析道，这段文字中的“情感融合”是在两个“非-主体”（“明白”之前的斯万与“不幸之人”）之间进行的，并且是“怜悯”将他们联系在了一起，而当“主体”（“明白”之后的斯万）重新找回到他的判断角色后，这种怜悯也就结束了。根据科凯的上述理论和这个例证，我们似乎可以做这种理解：“非-主体”是想象情境中的主体，而“主体”是回到现实中的主体。结合我们的分析对象，我们完全有理由说，我们前面所举罗兰·巴尔特“哀痛”中属于“互文照应”和“托梦”的两个例子，其情感沟通实际上都是在两个“非-主体”之间进行的，读者可自行体

---

① 科凯（J.-C. Coquet）：《寻找意义》，*La quête du sens*，Paris，PUF，1997，P. 17。

会，这里就不再复述了。一般认为，科凯的“主体性”理论是对于格雷玛斯激情模态理论的一种补充，因为后者在论述激情时只谈模态，而不涉及主体本身。

埃诺曾在七年当中对于主体的“感受”进行认真研究，最后以《能够就像是激情》一书作为成果出版。她在该书《前言》中概述的基本方法是：面对表面上无感情的话语，找出不取决于情感性的词语化过程的一种激情维度和在“感受”（l'éprouver）的“内在颤动”于语言学上出现的地方，标记这些颤动。在埃诺看来，“‘体验’一种事件，就要求有一种态度，而这种态度并非必须属于回顾和明确的意识，它尤其被‘感受’所确定……它是一种纯粹的体验，因此它完全地受内心的话语句法的最初安排所左右”①。为了进行这项研究，“我坚决地回到纸上的主体上来，并且另一方面，我认为必须从那些其激情构成成分不是张扬而是非常隐蔽、甚至是被克制的文本开始。这部专著是对于一种无人称和原则上是无情感表现的历史资料所进行的个人的和激情维度的研究”②。她为此规定了选择素材的三项

① 埃诺（Anne Hénault）：《能够就像是激情》，*Le pouvoir comme passion*，Paris，Seuil，1994，PP. 4－5。

② 同上书，P. 7。

标准：

1. 必须选择“那些表面上无情感表现、但是从感受上讲，却是（带有出现之‘香味’）的文本”①，

2. “必须寻找那些‘被感受对象’（l’éprouvé）只能通过推理才能标记出来的文本”②，

3. “必须汇集各种解读条件，以便使（被掩盖的、非暗语性的和个人独白式的）激情维度成为可观察得到的”③。

按照这些条件，被作者选中的资料是17世纪法国国王亨利四世的国家财政顾问罗贝尔·阿尔诺·当蒂伊（Robert Arnault d’Antilly，1589—1674）写于1614—1632年间的多卷本日记。那么，在这样一部编年史的历史事件日记中，如何进行有关激情的符号学分析呢？或者说如何找到对于“被感受对象的”一种“绝非是间接的观察”呢？作者采用了两种“途径”：一种是“历时性的”，它在于在“如此长的日记中找出一个时代的发展速度，找出直接地和忠实地记录下的历史人物在现场时的情绪与脾气”④；另一种是“共时性的”，这一途径包括两个方面：一是“陈述”

---

①②埃诺（Anne Hénault）：《能够就像是激情》，*Le pouvoir comme passion*，Paris，Seuil，1994，P. 17。

③④同上，PP. 18，19。

平面，正是在这一平面上，展示着“主体”与“对象”之间关系的一种新的变化，“对象被看作是具有引诱能力的，而主体在某种程度上是被对象所钝化和吸收的”[①]；二是陈述活动平面（“陈述”的组织过程），可是在路易十三时期，建立陈述活动的个人激情的努力被认为是荒唐的，而按照对于符号学的建立做出巨大贡献的语言学家邦弗尼斯特（E. Benveniste，1902—1976）的标准，以历史事件为主要记录对象的活动，所涉及的是历史陈述活动，它不属于“被感受对象”，所以，作者的分析便集中在“陈述”方面。这样的一部日记与罗兰·巴尔特的日记虽然都属于日记体裁，但一部是对于多年历史事件的记录，一部是对于个人“哀痛”在不到两年时间里的情感表露。我们知道，罗兰·巴尔特的日记通篇都与“哀痛”有关，不过，也有些文字并非直接具有哀痛的词语表现。下面，我们就按照埃诺提出的标准，试着找出一些句子：例如“每天早晨，大约六点半左右，外面的夜里，铁垃圾箱碰撞发出的声响。她松了口气说：夜终于结束了”（这时的“被感受对象”——母亲——正忍受着病痛的折磨，每一天都在煎熬中度过：“每

① 埃诺（Anne Hénault）：《能够就像是激情》，*Le pouvoir comme passion*，Paris，Seuil，1994，P. 21。

天早晨”和“夜终于结束了”意味着她又活过了一夜，而从这一时刻她又开始在白天忍受煎熬。可是，到头来这种煎熬又何尝不是罗兰·巴尔特自己的感受呢?)，“从此以后，而且永远，我都是我自己的母亲”(这句话的前两个组合体带有很有力的“强调”效果，它说明了慈爱的母亲已经决定性地离他而去，母爱既已失去，今后只有他自己来照顾自己，但是，他能做好自己的母亲吗?这无不反映出了作者的哀痛)，“自从妈姆故去，我在消化上很脆弱——就好像我在她最关心我的地方得了病”(现代医学告诉我们，精神压力过大会引起消化系统疾病。过去，罗兰·巴尔特写作很紧张，他常有消化不畅的情况，但他会得到妈妈的关心；现在，他失去了妈妈，并且很少写作，是哀痛导致他消化上的脆弱，可见，其哀痛之深)，“我在思想上，已无处可躲：巴黎没有地方，旅行中也没有地方。我已无藏身之处”(母亲在世时，巴黎是他的家，外出旅行时也认为自己有家，因为他一回到家，就可以看到母亲；而此时，母亲不在了，巴黎只是一个住处，旅行结束时他也只能回到这个住处，使他不禁而生被“遗弃”之感)，“确认之意识，有时意外地像一种正在破裂的气泡冲撞着我：她不在了，她不在了，她永远地和完全地不在了”(这种基本上是排比句的安排，起着强调与加深的作用），“从早晨，我就开始看着她的照片”（长时间地看母亲的照片，说明了长时间的思念，也暗示着哀痛之持续），“她生病期间住的房间，是她故去时的房间，也是我现在就寝的房间。在她的床依靠过的墙壁上，我挂上了一幅圣像（并不是因为信仰），我还总是把一些花放在桌子上。我最终不再想旅行了，为的是能够呆在家里，为的是让那些花永远不会凋落”（这里使用了两个隐喻：一个是在妈妈的床靠过的墙壁上挂了一幅圣像，虽说不是因为宗教信仰，可是我们却有理由理解为罗兰·巴尔特将母亲推至崇高；另一个隐喻是说他不再旅行和呆在家里的目的是“让那些花永远不会凋落”，其实就是继续与心中的母亲长时间呆在一起，此处的“花”是母亲的化身），“从妈姆去世后，尽管——或者借助于——做出不懈的努力——去开始一项重要的写作计划，但我对于自我即对于我所写的东西的信心越来越差”（罗兰·巴尔特在哀痛之中常想以妈妈的照片为题写一本书，但在那段时间他无法动笔，可见他的哀痛已经在很大程度上影响了他的写作工作）。我下面抄录罗兰·巴尔特在1979年9月1日写的三段日记中的一段，是他再一次从于尔特返回巴黎后当天写的，也是他这部《哀痛日记》中有日期标记的倒数第四篇："我每一次在于尔特村逗留，不能不象征地在到达后和离开前去看一看妈姆的墓。但是，来到她的墓前，我不知该做什么。祈祷？它意味着什么呢？祈祷什么内容呢？只不过是短暂地确立一种内心活动。于是，我又立即离开。"初读，我一时不大理解罗兰·巴尔特的表现，但稍做联想，也就想通了：罗兰·巴尔特一直认为，时间"只会使哀痛的情绪性消失"，但"悲伤依然留存"，要"学会将（变得平静的）情绪性与（一直存在的）哀痛做（可怕的）分离"；在过了一年零10个多月的时间之后，罗兰·巴尔特在母亲的墓前没有情绪性表现，可以说符合他此时的情况，那么，还要确立一种什么样的"内心活动"呢？我的理解是：哀痛自在不言之中。

说到此，我们也许就明白为什么埃诺的书名叫做《能够就像是激情》了：依据"感受"，在无情感词语的情况下，继续可以识辨"激情"，所靠的就是"能够"这种"现时中的模态"在情感表达中的"出现"和逻辑力量。

结束语

以上，我们粗线条地介绍了激情符号学的研究方法。

可以看出，情感维度或激情维度已经无可争议地构成了符号学研究的重要内容之一。但是，相对于符号学研究的语用维度和认知维度，情感维度建立的时间尚短，需要进一步确立和探讨的内容也还很多。就此，笔者指出以下两点：

1. 激情符号学研究仍在进一步深入与完善。继我们上面援引的那些著述之外，在法国，后来又有朗多夫斯基（Eric Landovski）的《无名称的激情》（*Passions san nom*，2004）和封塔尼耶的《符号学实践》（Pratiques sémiotiques，2008）等著述出版，他们从不同方面进一步探讨了激情的本质与表现特征；同时，在英、美等国，也有学者进行着有关“激动”（或情绪）的研究和依据皮尔士的符号学思想来从事激情探讨。可以预见，有关情感性的符号学研究今后会有一个较大的发展。

2. 我们从上面的分析中看出，激情符号学研究可以是多方面的，也可以是“历时性”的和“共时性”的：从“历时性”上看，我们完全可以对于中华五千年文明史中丰富的民族情感表达做一番梳理，哪怕只是针对其中一种也好；而从“共时性”上来看，也可以考虑对于某一特定历史阶段人们的情感表现做一下归纳。我们能否像封塔尼耶那样，对于我们中国人当代的情感表现也总结出具有概括性的几种情感范畴呢？而有了这些范畴，是不是就可以更好地去理解不同阶层、不同群体以及个体之间情感表达上的差异呢？至于不同国家、不同民族之间的情感在同一历史时期的表达差异，那就更需要了解了，它们首先可以构成比较文化学和比较文学研究的新的闪光点，同时也是增进各国人民相互理解、从而避免和缓解文化冲突、实现世界和谐共处所必须的。这样一来，需要做、可以做的事情就太多了。可以相信，我们中国学者的加入，一定会对于激情符号学的研究作出自己应有的贡献。

Journal de Deuil by Roland Barthes

图书在版编目（CIP）数据

哀痛日记/（法）罗兰·巴尔特著；怀宇译．—北京：中国人民大学出版社，2011.10

（明德书系·文化译品园）

ISBN 978-7-300-14619-5

Ⅰ．①哀…　Ⅱ．①巴…②怀…　Ⅲ．①日记-作品集-法国-现代　Ⅳ．①I565.65

中国版本图书馆 CIP 数据核字（2011）第 219459 号

明德书系·文化译品园

哀痛日记

[法] 罗兰·巴尔特　著

[法] 娜塔丽·莱热　整理、注释

怀宇　译

Aitong Riji

出版发行	中国人民大学出版社		
社　　址	北京中关村大街 31 号	**邮政编码**	100080
电　　话	010－62511242（总编室）		010－62511398（质管部）
	010－82501766（邮购部）		010－62514148（门市部）
	010－62515195（发行公司）		010－62515275（盗版举报）
网　　址	http://www.crup.com.cn		
经　　销	新华书店		
印　　刷	涿州市星河印刷有限公司		
开　　本	787 mm×1092 mm　1/32	**版　　次**	2012 年 1 月第 1 版
印　　张	9.75 插页 2	**印　　次**	2022 年 10 月第 3 次印刷
字　　数	50 000	**定　　价**	38.00 元

明德书系·文化译品园

译介文化 传播文明

《中国行日记》
[法] 罗兰·巴尔特

《哀痛日记》
[法] 罗兰·巴尔特

《偶遇琐记 作家索莱尔斯》
[法] 罗兰·巴尔特

《罗兰·巴尔特最后的日子》
[法] 埃尔韦·阿尔加拉龙多

《男性统治》
[法] 皮埃尔·布尔迪厄

《自我分析》
[法] 皮埃尔·布尔迪厄

《世界的苦难》
[法] 皮埃尔·布尔迪厄

《嘴唇曾经知道：策兰、巴赫曼通信集》
[德] 保罗·策兰 [奥地利] 英格褒·巴赫曼